布老虎中篇小说

在县城

曹寇 著

北方联合出版传媒（集团）股份有限公司
春风文艺出版社
·沈阳·

图书在版编目（CIP）数据

在县城 / 曹寇著. —沈阳：春风文艺出版社，2017. 8

（布老虎中篇小说）

ISBN 978-7-5313-5300-3

Ⅰ. ①在… Ⅱ. ①曹… Ⅲ. ①中篇小说—中国—当代 Ⅳ. ①I247.5

中国版本图书馆CIP数据核字（2017）第174404号

北方联合出版传媒（集团）股份有限公司
春风文艺出版社出版发行
http://www. chunfengwenyi. com
沈阳市和平区十一纬路25号 邮编：110003
辽宁奥美雅印刷有限公司印刷

责任编辑：姚宏越	责任校对：潘晓春 于 勇
装帧设计：黄 宇	幅面尺寸：130mm×185mm
字 数：100千字	印 张：5.25
版 次：2017年8月第1版	印 次：2017年8月第1次
定 价：20.00元	书 号：ISBN 978-7-5313-5300-3

目录

母　亲

1

星期三的晚上，我接到一个陌生电话，当时我正在北京一个酒局上喝得昏天黑地。这个电话虽然没有像影视桥段中夸张的那样让我立即从酒精中清醒过来，但确实叫我吃惊不小。为此我还暂且从酒局中脱身，找了一个所谓僻静的地方。而这个僻静之所无疑正是饭馆厕所里的蹲坑隔间。也就是说，对方不仅能在话筒中听到我的声音，也许也能听到如厕人士的说话声、呕吐声、排泄声，以及抽水箱那一声声巨吼。不过，诚如厕所蹲坑隔间发明者的初衷那样，这确实是一个私密空间，使我们看上去每个人都有点隐私。

电话那头是一个嗲声嗲气的女人的声音。这不表明她是一个年轻女人，恰恰相反（如果我没有记错的话），这个自我介绍为“刘女士”的人，她应该五十多岁了。嗲声嗲气只是她的音色和说话方式，这在十年前就是这样。十年前，刘女士四十多岁，当时即已离异多年，但女儿蒋婷跟着她，当时蒋婷已经二十出头了，正在南京读大学。蒋婷和我巧遇于某张酒桌，然后我和她成了男女朋友。因为单亲家庭，蒋婷像很多同类女孩那样并不留恋自己的家庭和户口所在城市。据她自己说，我对她不错，她希望留在南京，毕业后找一份工作，也可以应我的要求与我结婚。要知道当年我正在婚龄的黄金阶段，无论从世俗舆论、个人愿望还是情感浓度上看，我都没有不想和蒋婷结婚的道理。因此，出于某种谈婚论嫁的秩序或规则，我和蒋婷去拜望过她的妈妈，也就是这位刘女士。当年年底，刘女士还曾应邀到南京我的家中和我们一起过了年，受到了我的亲友们的热烈欢迎。但是，过完年刘女士离开南京不久之后，我就和蒋婷分了手。从此再无任何联系。一晃十年过去了。

至于她现在为什么自称“刘女士”，我也不懂。

刘女士说，她现在正在南京出差，待两天，希望能和我见一次，聊聊。我只好在说话声、呕吐声、排泄声，以及抽水箱那一声声巨吼的间歇中告诉她，我现在北京，要到后天才能回去。这不算谎言，虽然我还没预订好后天返回南京的高铁票，虽然我在北京并没有非得要挨熬到后天的非做不可的重要事情，但她既然说待两天，我选择后天回去，正好她也走了。我确实想不出和她有什么非见不可的理由。我甚至想不出她的模样了，是那个穿着正式、烫着头的中年女人？包括她的女儿，我也陡然感到面目模糊了起来。真是遗憾，十年过去了，我已经很少会想起这对母女了。

她显然没有想到这一点，在电话中，刘女士有点为难的样子。不过，她很快做出了一个决定，就是在南京多待一天。“我马上就去酒店前台办一下，加一天。好吗？”她这话让我有点过意不去，尤其是我还想到了她之前说如何打探到我的手机号码的事。我们不可能会互相保留十年前的手机号码。这十年正是手机及号码不断更新换代的时代，就算保留，号码很容易失效不说，在技术上也很困难。把一个号码用到十年以上的人并不多。不过，这里我倒可以卖个乖，我的号码就用了十年以上。这说明，她的手机中早已没有了我的号码，相信她的女儿也是。

她是这样找到我的手机号码的：虽然她十年前来过我家，但后来我搬家了，所以没有直接上门。不过，十年前我在城北郊区一所地理位置很特别的中学教书，便于记忆，所以她赶往了那里。最近几年，那一带刚刚开发，到处都是工地，治安混乱，尘土飞扬。她锃亮的尖头小皮鞋一定踩着了当地的污水，她那身行头和打扮很容易被聚集在小卖部门口打牌下棋的老头意淫一番。飘扬在空中的塑料袋还可能一个俯冲盖住了她勤于修刮的略显蜡黄的脸，让她非常愤怒地用两根指尖将它掀起、甩开。她很容易地就找到了我工作过的那所学校，但因为我早已离开（八年前），教职员工花名册上不再有我的姓名和联系方式，也没有曾经的同事与我还保持联络，最要命的是看门大爷已非当年那位（当年的说不定已经死了呢），后者并不愿意让这样一个操着北方口音的中老年女人擅闯大门。另外，我不知道她是如何向我的前同事们介绍我和她的关系的。朋友？前女友的妈妈？亲戚？无论是哪一种，我都觉得足够幽默。神奇之处在于，正好我一个初中同学经过校门。这位同学初中毕业就到社会上混了，结婚很早，他的孩子已经在这所学校就读了，幸运的是我已经离开了这所学校，否则我的初中同学很可能会成为我的学生家长之一。按理说，初中毕业后我也不可能和这位初中同学有什么来往。巧合在于，不久前曾有过同学聚会，也是我参加过的唯一一次。我记得我的出现曾在同学聚会上造成了一个小小的涟漪，大家纷纷指责我“忘本”，居然那么多次聚会都没有出现过。但既然来了，就好。很快，这个涟漪就被波涛汹涌的敬酒和拼酒活动替代了。大概正是在觥筹交错之中，我们彼此礼节性地留下了对方的电话号码。然后像命中注定的那样落到了刘女士的手中，她不虚此行。她回到酒店，迅速换下被城北地段漫天灰尘污染的脏衣服，洗了个澡，还给自己贴了个面膜，这才在台灯橘黄色光线的照耀下拨通了我的电话。

所以，我从厕所返回酒桌之后，就和身边一位朋友说，明天我就回南京。怎么了？他很吃惊地问。我说，家里有事。然后重新投入酒席。我对当天的记忆到此为止。如果说还有什么的话，我记得和刘女士通完电话后我曾习惯性地拉了一下抽水箱的绳子，这可能与我当时蹲在坑上打电话有关。但我就是蹲着，并没有露出屁股。另外，我说“家里有事”这句话的准确性也让我十分怀疑和懊悔。我喝多了，第二天起来非常难受，但我还是咬着牙爬上了返回南京的高铁。

2

时间太久了，我似乎已经不太记得和蒋婷在一起的日子了，但也没如我想象的那样全忘。我们是在酒桌上相遇的，结束后，我提议要不要再喝点？她没有像女大学生习惯性的那样申述次日还有课什么的，和我走了。我们在一家烧烤摊喝。一人要了一瓶“小二”。聊什么了，完全不记得。但可以肯定的是，我们都很高兴，因为我们后来又一人要了一瓶“小二”。次日醒来，她就躺在我身边，我们连衣服都没有脱，也没有盖被子，而是并排躺在被子上，在我的家里。头发遮盖了她大半个脸，我用手拨开那些头发，吻了她一下，她醒了，没有吃惊，更无尖叫，而是对我无声地一笑，露出了她并不整齐也不雪白的牙。

她的父母在她八岁的时候就离婚了。她跟妈妈。但她妈妈长年在外，北京、石家庄、济南什么的，当过幼儿园阿姨，保险推销员，公司文职人员，等等。蒋婷被放在山东聊城乡下，在姥姥家。姥姥对她最大的希望就是长大了不要像她的女儿那样跟人结婚又离婚。姥姥不仅觉得这是一件丢人的事，关键是孩子太可怜了，没有爹，也几乎没有妈。她一说这些，就会眼眶发红，抹泪不止。姥姥给蒋婷做吃的，做各种好吃的。蒋婷总是强调它们的好吃程度。这是一种记忆使然，并不真实，这是蒋婷自己说的，她知道这一点。舅舅们不喜欢她，蒋婷也不喜欢舅舅们。在蒋婷十五岁的时候，姥姥死了。蒋婷的妈妈将她接到了济南。蒋婷也见过几次爸爸。爸爸在广东，一个干瘦男人。爸爸在那里又娶了老婆生了孩子。她在爸爸家生活过一个暑假，她不喜欢广东湿热的天气，她也不喜欢穿裙子。但她喜欢爸爸，爸爸不爱说话，甚至有什么事，也不说话，只拿眼睛看看她。她的爸爸会打骂训斥他和后妻生的孩子。她知道他并不把她当自己的孩子那样对待，爸爸只是一个有血缘关系的陌生人而已。但她还是喜欢爸爸，听爸爸的话。考南京的大学就是爸爸的意愿。他年轻时候考过，但没考上。

蒋婷也不是不喜欢妈妈，只是始终没有找到跟妈妈相处的办法。妈妈严厉起来让她惧怕，各种要求特别多，比如蒋婷对裙子的厌恶就和妈妈有关。后者总是爱买一些时髦而又廉价的裙子让她穿。穿出去倒也没什么，没听到有什么人笑话她。但因为源自妈妈的强迫，她确实觉得那些裙子穿在自己身上很别扭很丑。高中的时候，蒋婷叛逆了两年。跟男同学谈恋爱，学会了抽烟喝酒，和老师和妈妈吵架。有一天妈妈动手打了她，她居然反击了。她第一次发现妈妈原来比自己矮小，也没自己力气大。她吓坏了，但她不可能向妈妈道歉，而是在自己房间哭了很长时间，她很伤心。

妈妈在那些年也频繁地谈过几次恋爱，有过另一段短暂的婚姻，嫁给了一个姓王的叔叔。这段婚姻让蒋婷和妈妈的关系蒙上了一层阴影，那就是王叔叔有个十八九岁的儿子，他试图强奸蒋婷。虽然此事以妈妈与王叔叔果断离婚而结束，但对蒋婷造成的伤害，已经无从弥合。这种伤害不在于强奸企图和强奸本身，蒋婷说，就算王叔叔的儿子强奸成功了也没什么。问题是，妈妈这种动荡不安的生活突然让女儿感觉很糟。她进而想到，一切的不幸似乎都是妈妈带来的。同学们的讥笑，舅舅们的冷酷，在蒋婷看来，甚至姥姥的死也与妈妈脱不了干系。据说正是因为妈妈跟一个有妇之夫谈恋爱，对方妻子没有找到妈妈，但找到了姥姥。姥姥羞愤难当，以中风抗议自己不堪的晚年，不久就死了。

认识不超过半个月吧，蒋婷就从学校宿舍直接搬到了我家。她的东西比我想象的要多，我不得不将两门橱换成四门橱。她还让我知道洗发水沐浴露牙膏什么的，除了超市货架上那些，还有别的。她将我家布置一新，桌子开始习惯了台布，窗台也享受了绿植。更关键的是，当我步履沉重地下班回来，老远就能看到自家的炊烟（假设烟囱以虚线方式存在于我们的单元房外）。她已有的生活经历当然决定了她不会做饭，但这对她来说并不困难，网络和烹调图书很快就使她成为一名巧妇。

并非贫困的经验（虽然蒋婷家庭破碎，但她自幼并不缺钱），而是考虑到我的收入有限，蒋婷在购物方面也做到了货比三家、价廉物美。随着学校里的课越来越少，她也懒得出门，偶尔跟同学聚会还会将我拉上。收拾屋子洗衣做饭，一切停当，蒋婷会坐在阳台一角玩电脑或看书。

我的亲友显然被蒋婷感动了。他们一方面觉得这是我的福气替我高兴，另一方面他们甚至妒忌这一点。这小子凭什么这么好的运气？在他们的眼中，之前那些年我恋爱、相亲，没有一次成功的劣迹已经宣告我是朋友圈和这个家中的一个老大难问题。蒋婷的飘然而至，彻底粉碎了他们的自以为是。这甚至让他们在谈房价和股票的间歇还谈到了一些事关缘分和命运的话题。唯一让他们感到忧虑的是，蒋婷还是个学生，年龄比我小将近十岁。毕业工作后的蒋婷是否会有变化？谁也拿不准。而我唯一和必须做的，就是降低这一变化的系数，而降低变化系数的最有效的行动就是结婚。婚姻虽然是滋生婚外情、绿帽子、红杏出墙等坏事的肥沃土壤，但道德和法律的制高点势必将是烛照这些黑暗行径的道义明灯。现在迫切的问题是，我必须得到蒋婷妈妈的认可，同时尽快促成双方长辈的见面。

3

也就是说，我比电话中跟刘女士说的提前一天回到了南京。这点她并不知道。但李芫知道，李芫是我的老婆。后者在电话里问我，你打算怎么办？我说这不存在怎么办的问题吧，刘女士跑来找我，想见一见，就见一见呗。她说，你之前不是说你要在北京多待几天的吗？我说是，但现在我改主意了行吗？她说，哦，我懂的。

这是在高铁上我们彼此发的短信。刚下高铁，她如我所料地打来了电话。我理解为这是一种妻子的本能。本能包括她首先希望我在她的“视线”之内，其次，我们是一家人，理应勤俭持家，为了节省漫游费，在我一脚踏入南京本地后才打电话，可谓恰到好处。

李芫：怎么讲？

我：什么怎么讲？

李芫：你现在去见她？

我：我疯了吗？我先回家。

以将她送到她嫁到对岸河北的表姐家。舅舅们对她谈不上好，但表姐自幼带着她玩，一直对她不错。除了那些一望无际的玉米地，姥姥的坟头和表姐大概才能给她带来所谓老家的亲切感。不过，这些终归经不起推敲。它们过于戏剧，过于电影，并非生活的真相。真相是她连续两晚都和许久没见的妈妈仍然彼此憎恨（起码是表象上），发生了争吵。蒋婷决定直接返回南京。

说好了刘女士不用再送，但她还是跟到了车站。不是站台，而是候车大厅，她不能进来，如果进来，她需要买一张站台票。她就这么隔着候车大厅的玻璃墙跟着我们安检、验票，我们始终在她的视线之中。如果我们回头看她，她则满脸堆笑，并指手画脚，夸张地翻动嘴唇，似乎同时在向我们说唇语和哑语。她仍然穿着三天前接站时的行头。只是高高烫起的发型有所垮塌。我们（其实主要是我）不停地用手背向她的方向挥舞，示意她赶紧回去。但从另一个角度看，与撵她也无异。我注意到蒋婷终于掉了两滴泪。

我现在能确定的是，我并不了解蒋婷，或者没有彼此入心。比如时至今日我其实也不知道这对母女的矛盾具体是什么。蒋婷不爱谈论这些。她是一个沉默寡言的姑娘。我们之间的男女关系得以维系，我想这和我自己也是一个沉默寡言的人有关。在这个世界上，迄今为止，蒋婷是我唯一整天不需要讲话也不会觉得压抑窒息的人，反而觉得踏实和安全。我们各干各的，互不干涉，但又彼此认同，如胶似漆。这么说可能有点夸张。这么说吧，我们是十年前这个世界上一对相当安静的情侣。最后我们分手，或许也与安静被打破有关。

一大早我就给刘女士打了电话。我代表自己的全家邀请她来吃晚饭。她欣然答应了，出乎我意料的是，她并没有问到“全家”是个什么概念。她倒是喋喋不休地向我汇报，这几天她把南京很多名胜古迹都跑了。十年前到我家过年时去过的，有些地方她还重游了一遭。没去过的，比如总统府、中山陵什么的，她都觉得很好。她说南京真不愧是六朝古都啊，“确实不比济南差到哪儿”（原话）。那么，既然现在还是上午，而我约的是晚饭，她则需要马上去一趟栖霞寺。“就这么定？OK?”她说。我也只好OK。也就是说，这通电话看起来并不像她要来找我，更不像是为了见我特意多待了一天，而是，她很忙，忙着游山逛水，忙着举起自拍神器在某个景点大门前搜寻自己一个最适合最美的表情。晚饭到我家来，也看上去并非她的情愿和主动，而是受邀而已。我只是给她百忙的生活增添了另一忙。这一个忙对她来说谈不上重要，也谈不上拒绝。反正她透露出来的信息大致如此。

这倒也非我第一次领教。十年前，也就是我和蒋婷从济南回南京当年的年底，蒋婷不断接到刘女士的电话。蒋婷一如平常地刚开始并不愿意告诉我这些电话的内容，后来实在经不住其母的骚扰，才如实相告。鉴于蒋婷一般过年都不回家，刘女士敏锐地认识到女儿今年肯定会在我家过年，作为一名好些年没有和女儿一起过年的妈妈，刘女士想到我家来和我们一起过年。闻听此言，我没有立即表态。我一直不太擅长和别人相处，尤其在屋子里在家里与人相处。我和自己的母亲相处得也不算母慈子孝，大学毕业工作不久，我就搬出来自己过了。在蒋婷之前，当然也有过前女友曾在我家短暂地住过，大概正是因为同居，才让我难以忍受所谓的“二人世界”，导致了不可避免的分手。而蒋婷，她之所以能跟我和平相处，前文已述。我毫无恶意地把自己的想法告诉了蒋婷。蒋婷表示理解，沉默良久。但刘女士的电话再次响了。蒋婷掐断不接。电话再次响起，然后任其歌唱。应该是一首流行歌曲吧，十年前蒋婷手机的铃声。这首掐头去尾的流行歌曲在我们之间反复唱响，始终不曾将全曲唱完，让我们非常难受。最后，我不得不像一个男人那样站起来，告诉蒋婷：接吧，告诉你妈，来吧。

然后就是和十年后一样的风格。刘女士迟迟不告知启程日期，还在春运期间声称不急着买票（当时网络订票还不太容易）。蒋婷的意思，让她没来成也不错。但出于礼节（尤其是我家人获知这一情况后），我不得不亲自致电邀请再三。三请四邀后，刘女士姗姗来迟，在除夕下午来到了南京。当然，我和蒋婷前往车站迎接，我的母亲和姐姐姐夫则在家里大烹大炒，准备着热情款待远客。在我母亲看来，善待准亲家母才是给我娶媳妇的标志和首要程序，她老人家看上去为此已经整整准备了一生。

如何和我母亲说刘女士十年之后再次造访这件事确

实还挺费了我一番脑筋。在她那里，刘女士母女早已是明日黄花，毫无记挂于心的必要。她现在耿耿于怀的是真正的亲家母（李芫的妈妈）夺走或削弱了本属于她的"奶奶权"，在此问题上和亲家母的明争暗斗才是生活中的核心事件，或许也是乐趣。让她深恶痛绝的是她的儿子还不能帮助她在斗争中占据上风。她形单影只，孤身作战，其悲壮在舞蹈结束后的广场上怎么说也说不完。这么一想，我认为曾经的准亲家母突然到来，或许她也未必不见。这样的听众要比广场上那些老大妈有效多了。这起码能让她在幻想中进行一番对比：如果远在济南的刘女士是她孙子的外婆该多好啊。

我显然低估了我妈的觉悟。她好不容易弄明白这件事后，突然在电话那头紧张了起来，首先质问我到底想干什么，你是真傻还是假傻？你已经结婚了，也有了小孩，她说，日子过得挺正常的，这么个女人跑来想干什么？你根本就不应该见这个女人，更不应该搞到自己家里去。李芫呢？她知道？她知道归知道，但你不能这么做，你这是对你的家庭不负责任的表现你知道吗？此外，我这么做不仅对不起已有的家庭，而且你又给你老婆给你丈母娘抓了个把柄你知道吗？你又让我在她们面前理亏了一次你知道吗？儿子哎，你真是疯了。

6

我的母亲对我的不满，还包括父亲死得早，所谓既当妈又当爹。也就是说她对我（包括我姐姐）付出的要比一般的母亲多。姐姐终归是别人家的人，这一逻辑也存在于母亲从来不认为自己是陈家人（娘家姓陈），而是林家人。不过，我的姐姐嫁出去后之所以能够获得她的好评，却又背离了这一逻辑，那就是姐姐勤于回娘家，给母亲和我带来了很多照顾和帮助。如果姐姐像她一样自绝于娘家，恐怕母亲的广场演说会更丰富磅礴。

母亲的愤恨集中在我的婚前和婚后。婚前，我始终没有结婚，这让她很焦灼。比如蒋婷这件事，一度让她血压升高卧床不起。她完全无法理解，一个姑娘已经到一个男人家住了，双方的家长也见了，怎么这事就黄了。这件事让她必须卧病在床一段时间，猛然置身广场，叫她如何和自己的老伙伴们解释呢？然后就是婚后，她不能和李芫和平相处，尤其是祖母权被亲家母悍然分割和夺取，特别让她失望。她号称“懒得”和李芫母女理论，但和亲生儿子我，她有必要声讨我的不孝，一把鼻涕一把泪地陈述自己的委屈，一如当年一把屎一把尿地把我抚养长大。

从另一角度来看，我的母亲毫无必要如此。诚如她的老伙伴安慰她的那样，乐得清闲。儿子不跟她住在一起，她独居三室一厅的大房子，每个月从国家那儿领取不算丢人的退休金。据说她在当知青的时候曾经是生产大队文艺骨干，除了唱歌跳舞，还会弹琴吹笛。早年，她还希望我姐姐能够延续她的兴趣爱好，斥巨资买了一架钢琴。可惜姐姐并非这块料，我显然也不是。换言之，如果她需要时间的话，那么她有大把的时间干自己喜欢干的事，她可以掀开蒙在钢琴上的布罩子，擦掉上面的灰尘，用满是皱纹的手在黑白琴键上敲出她喜欢的音符，我相信，这时候她的脑子里会像放电影一样再现她少女时代的20世纪70年代的列车、农田、灌溉渠、大队书记、树杈上的灰蓝色的高音喇叭、乡村夜晚的狗叫声……但她没有动过那架钢琴。当然，据说广场歌舞也有上述功效，而且是以集体的方式，她们过惯了集体生活。她们不擅长独自面对自己。她们对劳动的理解仍然与农业生产有关，就是要动，要出汗，要累得够呛，在抱怨中获得成就感。具体到她现在的年纪和身份，带孙子是得到这一成就感最合法最合乎天性的方式。可惜李芫的妈妈，我的岳母和她履历相似，所见略同。她们的矛盾实质，或许就是只有一个孙子/外孙。

在这一点上，如果刘女士是壮壮的外婆的话，确实可能不会与我的母亲形成上述对立。她还年轻，现在也不过五十来岁。十年前，她仍然还是一个待嫁的离异妇女。我母亲第一次与刘女士见面的那天，也就是十年前的除夕之夜，前者大吃一惊。时年已六十岁的她完全无法想象一个四十几岁的女人可以和自己在饭桌上并驾齐驱，加之刘女士的求偶愿望还健在，花哨的北方县城穿衣风格也让她身边的老太太显得更加灰暗。刘女士只比我姐姐大几岁，和我的姐夫相当于同龄人。我的姐夫居然恬不知耻地阿姨阿姨地称呼她吃菜喝酒。而坐在蒋婷身边的我的外甥，当年正处于青春期变嗓时期，虽然他并不愿意和我们多说什么话，但就我的经验来看，二十出头的蒋婷也未尝不可以成为他性幻想的对象之一。

那是一顿非常诡异的年夜饭。吃完饭后，遵照某种传统，刘女士率先拿出钱包给了我外甥压岁钱，然后滑稽地不得不接受我外甥在我姐夫教导下的一句“谢谢奶奶”的谢词。我妈不甘示弱，当即也给了蒋婷一个大红包。本来平辈之间不应有压岁钱一说，我那好心的姐姐思前想后觉得没必要占刘女士的便宜，所以她又给蒋婷来了一个红包。其间的拉扯、谦让和感激，让人眼花缭乱，烦躁不已。大家还一起坐下看了会儿春晚，等待赵本山出场，既而像往年一样哈哈大笑后才各自散去。之后几天也没闲着，不是我姐姐姐夫邀请，就是我舅舅舅妈邀请，团团圆圆一大桌人，老的老小的小，节目相似，总之，我和蒋婷疲惫不堪。

我不是说此类场景在我和李芫婚前婚后不再发生，相反，她就是南京本地人，遍布亲友，场面更为壮观。我只是想说明，在当年，我和蒋婷还很不适应这些。它们吓到了我们，让我们面面相觑而又看不清对方。我们试图就这些聊一聊，但我们很快发现，我们怎么聊似乎都不在正题上，让我们开始怀疑自己的理解力以及在某种程度上开始怀疑对方。生活比我们预想的要喧嚣得多。若干年后，当我和李芫遇到相同的场景时，我却没有了这些感受。李芫和所有的亲友都能应付，她的应付不是虚情假意，而是真情实感。在这方面，她不仅得体，而且勤奋，她的存在使我也坦然了起来，认为这些都是人之常情，堪称活在世上的证据。然后最终认识到，这一切没有什么不对，很好。

与去济南不同，我和蒋婷睡大房间双人床，刘女士则睡小房间单人床。南京没有暖气，我们给刘女士添置了电暖器她仍然觉得冷。睡觉并不费劲，但起床颇为踌躇，她每天都在空调热风的吹拂下和电暖器的烘烤下起床，因此她的房间门打开时，一股热烘烘的女人体味会涌入寒冷的客厅，让我的镜片为之一湿。那些饭局消停后，我和刘女士在济南的所作所为相似，也带着她畅游起了南京。她喜欢这些，每到一处都要拍照留念。这些照片的特点是，她要求自己位居大门入口处，必须要把某个公园景点的门楣题字涵盖在内，这样一来，在那些巨大的牌楼和雕刻之间，她在照片中显得很娇小。也有近景和特写之类的，比如她单手扶住一根梅枝，在花团锦簇中露出她那张攒满了笑容略显宽阔（腮帮子大）的脸。就像她跟老天说好了那样，年后没几天，天气转暖，果然春回大地万物复苏的景象。她还在山水之间脱掉了呢子大衣，穿着一件紧身的高领毛衣上蹿下跳。见此，我由衷地发出感慨，告诉蒋婷：你妈妈不仅年轻，长得也不丑。

7

我妈当然还是来了，而且来得很早。进屋第一件事是站在换鞋垫上谨慎地扫视一眼，这才午后，李芫当然还没下班，然后她才大口喘气，喊饿死了饿死了。她连午饭都没有吃，就去菜场买了一大堆菜。进了厨房。她没有先做那些菜，见我中午没有剩饭剩菜，她假装生气地找到半筒挂面给自己下了碗，并越来越生气地指责我（其实是妄想性地针对李芫）把厨房弄得这么脏，然后在面条煮熟之前利索地收拾一新。每次来儿子家，她除了当一回清洁工，也不忘自掏腰包买很多菜。虽然她声称是买给孙子吃的，但谁都知道，她其实是在讨好李芫。李芫父母健在，退休金更高，对我们的补贴也更多，这让她多少有点愧疚和不服气。这也算李芫轻婆家重娘家的原因之一吧。

吃完面。择菜洗菜的时候，我妈开始埋怨刘女士。

这个女人真是，大老远跑来干吗呀，又不算亲戚，都这么多年了。不会有什么事吧？

我不知道，我说，她在电话里什么都没讲。

就是嘛，要不我还不来呢。我不喜欢这个女人。我只是不放心。

你有什么不放心的？

不知道，我妈认真看了我一眼，你比我还老糊涂？你吃过这对母女的亏你忘了？

我没搭这句。如果说恋爱未成对方离开了你就是吃亏，那我确实吃了亏。但显然又不是这么个道理。

她现在人呢？见我不吱声，我妈问。

说是去栖霞寺玩了。

切，就知道。这个女人风骚得很，我到现在还记得她穿那身花。

人家年轻吧。

年轻？我没记错的话，也是半老太婆了。

“半老太婆”这个词倒是让我想到一个问题，那就是十年不见刘女士现在到底是什么样子，如果我在大街上，或者我现在也在栖霞寺，能在人群中认出她吗。我不禁努力地开始回忆她的长相。但什么也想不起来。我只记得她较为花哨的穿着和高高烫起的头发。

因为要准备晚饭，我妈表示她今天不能帮我打扫屋子。但她认为今天打扫屋子非常重要，因为家里要“来客”，虽然这个“客”在来之前即已遭受了她的批判，所以我得动起来，好好收拾收拾。我只得遵命。

平时都是李芫打扫收拾屋子，我已经习惯了，她也不需要我动手，我的参与被她誉为添乱。但在跟蒋婷生活的那一年里，都是我们两人一起打扫收拾。当然不是说李芫不爱整洁，而是蒋婷更为苛刻，开关插座上的灰尘，沙发缝隙内的碎屑，连刷牙时，牙膏她都不愿意我从中间挤而必须从尾部开始。另外，她还热衷于重新布置房间。比如床原来在卧室里是居中摆放的，但过了一段时间她认为应该靠墙或靠窗，房间里的其他家具也便因此而挪动到新的位置。所以和蒋婷收拾屋子相当于一项工程，起码是一项重体力活，确实不是她一个人能干得了的。每当我们干完，她总是十分满意地在房间内全新的空间结构里走来走去。然后问我怎么样。我说，挺好的。然后等待下次重新集体搬动。

刘女士来那次，我们的床就在窗下。蒋婷的目的是当她中午醒来的时候，伸手拉开窗帘，阳光就直接照在她的身上。刘女士对此却很不以为然。她对女儿的生活处境非常不满意。她甚至攻击女儿的穿着，老气横秋，并强行拉着蒋婷去买了一件花哨的羽绒服。蒋婷和我的生活确实色彩暗淡，她喜欢单色纯色。刘女士不仅用自己的形象给我们的屋子带来了花色，还给我和蒋婷的大床购置了遍布玫瑰花瓣的四件套。刘女士走后，我和蒋婷躺在这些玫瑰花瓣间心情无比沉重。因为她告诉我，她不打算留在南京了，她要回济南。

那我们呢？我问。

你说呢？

分手？

不然呢？

好吧。

玫瑰花瓣的四件套也被我扔了。我从来没有那么彻底地搞过卫生。我把所有能让我联想到蒋婷的物件都扔了，尤其是我们一起生活时购置的物品。床底下她遗留的长发，衣橱里她衣服取走后残留的气味，甚至我们没有用完的一包避孕套。我是不是还可以这么夸张：后来我连房子都卖了，换了现在的房子也是因为想彻底摆脱蒋婷在我生活中留下的痕迹？这肯定是做作了。我还没有失控到那个地步。换房子是因为我认识了李芫，我们决定结婚，在李芫看来，我原先和蒋婷住过一年的房子无法装得下她，尤其无法装得下她已经开始膨胀的子宫。

李芫和壮壮进门时，显然愣了一下。她知道我妈会来，但显然没有想到自己的家突然变成了这样，我从她的眼中才发现：我收拾屋子的能力和水平太高了。一切都被我擦过了，散发着静悄悄的反光，连换鞋垫上的鞋子，也被我鞋尖冲门外码放得整整齐齐。我妈则在厨房热火朝天地忙活。

哟，真隆重。她冷笑了一下。

8

我们一度认为刘女士不会来了。因为天快黑的时候我怎么给她打电话她都不接。我提议我们吃吧，但李芫不说话，我妈则看着儿媳，问孙子：壮壮，你饿不饿？饿了你先吃。就在我妈捧着饭碗追着壮壮喂食的时候，刘女士电话来了。她说她现在已经到了我们小区，不知道怎么走。我只好下楼去接。我控制穿鞋的速度，尽量慢腾腾地开门、下楼。

我确实也不急于立即面对刘女士，我承认自己有点慌乱。我不知道能不能认出她来，更不知道她到底来找我干吗。小区里都是晚归的人，有一个还冲我点了点头。我记得他有一条温驯的大狗，晚饭后在小区公园里经常出现，壮壮曾将小手放在它的牙齿之间安然抽回。我可能也回敬了点头，但还是跟一辆电动车彼此避让时差点撞上。

刘女士就站在小区门口那个桥上。我一眼就认出了她。她还那样，依旧是色彩鲜艳的大衣、围巾，区别是她戴了帽子，脚上那双高跟长靴显得贵重。除了挎包，她手上还拎着一塑料袋的东西。“阿姨”，我这么叫了声她，她连看都没看我一眼，就将那袋东西交给我拎着。

都是买给你妈妈的。太沉了，她抱怨道，估计手都被勒出了印子。说着她把手从手套里拿出来看了看，并没有。这些做完，她才笑盈盈地看着我。

小林，她说，你还那样哟。

嗯。我不知道怎么接她的话，走吧，都等半天了。

你妈妈在吗？

在。

她仍然没问我是否结婚之类的问题，而是就我们小区环境谈了起来。她夸赞我现在的居住环境比十年前好多了，还一把拽住我的胳膊，起因是被一条冲她跑过来的吉娃娃小狗吓得尖叫了起来。我注意到有小区的人多看了我两眼。

进门的时候，她明明先看到了李芫，但她还是越过李芫的肩膀先和我妈打招呼。大姐，你好啊。甚至连鞋也没脱，就冲过去跟我妈来了个拥抱。我妈尴尬地喏喏，一只手象征性地在她的背后碰了碰。这完后，她才微笑着向李芫致意。

小林，你的媳妇挺俊的，她说。没想到不需要我事先说明，也不需要我交代，她早已心知肚明。

谢谢。李芫答。

然后她就发现了沙发上的壮壮。壮壮或是认生，或是被刘女士进门时这一连串动作吓到了，把自己藏在沙发扶手后面只露出两只大眼睛看着她。

哎呀，多可爱的小家伙。说着她冲了过去，想一把抱住壮壮，不过被壮壮躲开了。他轻车熟路地跳下沙发，然后绕过茶几，迅速地躲到李芫的腿后。

没事的，壮壮，李芫说，去，叫，叫奶奶。

壮壮显然不会叫。

不用不用，刘女士蹲了下来，逗孩子，你叫壮壮啊，长得真壮啊。

然后她掉转头嗔怪我的样子，说，小林，你怎么不早说。又问壮壮，你几岁了？

五岁零四个月。李芫代答。

大姐，你真是好福气啊。她试图恭维我妈，我妈干硬地笑了笑，就立即转身去厨房端菜了。这时候她大概才意识到自己穿着一双靴子在我家擦拭一新的地板上，几枚偶蹄类动物般的脚印十分扎眼。她连说抱歉抱歉，返回换鞋垫那换上拖鞋。她瞬间矮了一大截。

要不要喝点酒？这只是礼节性地征询，我记得刘女士不喝酒，而且她极其反对蒋婷和我喝酒。不过这次她居然大喊，太高兴了太高兴了要喝要喝。迫于无奈，我也只得给我妈和李芫分别倒了点红酒。我妈和李芫也从来不喝酒。四个人真的像很高兴似的交杯换盏了起来。壮壮因为吃过了，大概也丧失了对刘女士的好奇心，回到沙发看动画片去了。刘女士频频举杯，不仅跟我们所有人都“干”了一回，还多情地和沉迷于动画片的壮壮也“干”了一下。饭桌上，主要她一个人在喋喋不休。然后自嘲是不是喝多了。事实是，直到饭后收拾碗筷，刘女士那半杯红酒也没怎么动。

奇迹在于，刘女士既没有提她女儿蒋婷，也不爱谈自己，居然还能用她密集的语言填满整个饭桌。她大谈南京的名胜古迹，谈房价，谈房屋装修，济南的草包包子，聊城的酱菜以及各种逸闻趣事。看上去，她绝非蓄意避而不谈，而是不重要。看上去，她此番来我家，就是跟我、母亲和素昧谋面的我妻儿见上一次。她表现得像极了一位多年不见彼此深知无须赘言但凭谈兴的亲友，也像一个我们在马路边捡回家让她吃顿饭的莫名其妙的疯子。其间，我妈可能有点扛不住，试探着问蒋婷现在的情况，但大都被她充耳不闻地略过了。不过她也不能一概予以不理，她简略地聊到了自己。说自己现在在一个保健床垫公司工作，职责就是向广大饱受病痛和失眠之苦的人推荐一种高科技席梦思床垫。好在她没有强烈推荐我妈去买这个床垫，她只是陈述她现在干什么。至于有没有重新组织自己的家庭，她则前卫或豁达地表示，世界是多极的，价值观也是多元的，人们没必要过一样的生活。有的人迷恋于夫妻双双把家还，有的人更乐于孤身一人逍遥自在。即便如此，我们仍然不知道她是夫妻双双把家还，还是孤身一人，我们只能自作聪明地从她的口风中认为她是后者。但这是错的。

晚饭结束后，我们一下子陷入了尴尬之中，不知道接下来是一起看电视呢还是干什么。李芫在收拾碗筷的时候曾用眼神示意过“她什么时候走”，我则用“我也不知道”的眼神答复她。这是我们，包括很多夫妻都会使用的交谈方式。刘女士确实没有表现出吃完就走的潇洒，而是在壮壮身边坐下，打算再跟孩子切磋切磋人生。可惜壮壮已经在沙发上睡着了。

李芫想把壮壮抱上床。

能让我看看他吗？刘女士说，语气近乎哀求。

这完全出乎我们的意料，让我和李芫面面相觑。

刘女士接过李芫递来的小被子，帮壮壮盖好，并职业地掖了掖被角，过程中一直深情地盯着壮壮的小脸。壮壮似乎被她看得有点害羞，将半张脸埋进了被子。她则微微探近身，继续盯着看。我妈从厨房里擦干手出来的时候，试图跟刘女士继续客套地说什么，后者赶紧用一根食指放在唇边，示意我妈小声点，不要吵醒孩子。我妈赶紧闭嘴，三个人环绕着刘女士和壮壮。

刘女士俯下身在壮壮的脸蛋上轻轻地亲了一口，这才站起来。我们看到她的眼圈有点红。但她笑着，一些皱纹在顶灯的照耀下出现了条状阴影。

那么，我走了？她像商量那样轻声问我们。

还早呢，李芫说，可以再坐一会儿。

不了。走了。说着她就径直去取自己的皮包。

我妈赶紧跟上，热情挽留。就差说出你也可以住这儿的话。但刘女士只是微笑，不为所动。她穿好大衣，系上围巾。然后向李芫招手，从皮包里取出两张百元钞票，硬塞给李芫。她惭愧自己不知道我们已经有了孩子，不，壮壮，壮壮真是个好孩子，而她居然空着手见壮壮，这是不应该的。弥补这一过失的唯一办法就是李芫替孩子收下这两张钞票。她甚至动情地说道，壮壮还小，也许根本就没有记住她这个人，将来更不会还能够想起。但她既然来了，和壮壮见了，就是一段缘分。这段缘分也不是能用钱来表示的，况且也不算什么钱。就是意思意思，见证这段小小的缘分。

老实说，这段话叫人动容，让我们不知说什么好。刘女士再次和我妈拥抱了一下，这次我注意到我妈双手都拍了拍她的背。然后由我送她下楼。下楼的时候，李芫给我使了个眼色。我懂她的意思。

9

有一件事，我妈和李芫都不知道，因为长期以来我无法描述这件事。

十年前的春节，鞭炮声消停后，我、蒋婷和刘女士，我们仍然像一家人那样住在一起。刘女士住的时间比她本来打算的要长。我们再也不用出门找地方吃饭，我们在自己家买菜做饭。我们一起看电视。我们还一起购物，一起去看过一场电影。有次我们打扫卫生收拾屋子时，刘女士还参与了进来。她力主我们把床重新居中放在卧室，我们顺从了。她也力主我们换上她送给我们的玫瑰花瓣四件套，我们也笑纳了。她还嘱咐我们以后酒要少喝一点，多出去运动运动。说着她还推开了窗，窗外确实春光明媚。有几片风筝在我们的视线内飘荡。

这是一面。另一面是，刘女士四十来岁，迟迟不走，她给我造成了一些难以启齿的困惑。比如她当时正在经期，沾满血的卫生巾就这么公然摆放在马桶一侧的纸篓里。她换下的内衣就这么悬挂在我和蒋婷居住的大房间的阳台上。我们在睡觉，她就会那么穿着秋衣秋裤突然推门进来说个什么事。逛商场或看电影，她甚至还在另一侧挽起我的胳膊。然后就是有一天，蒋婷出去买菜，她在洗澡，她围着浴巾叫我帮她将水温调一下。调好水温后，我看了她一眼，我承认我看她那一眼中掺杂了不伦的情欲，她很敏锐地感觉到了，这是我从她看我的眼神中领悟出的，她的眼睛和神情只是一面镜子。没有更多了，仅此而已，但仅此足够。

在我这十年的猜测中，她应该把这件事告诉了蒋婷，用什么方式说的，我不知道，蒋婷甚至没有告诉我她为什么要走。迄今为止，我都认为蒋婷离开我与这件事有关。

蒋婷说她要回济南，我送她。在此之前，她已经给自己打了很多纸箱包裹。这些纸箱包裹就堆放在客厅里。在离开之前，她仍然和我睡在一起，我们仍然做爱，仍然一起买菜做饭。这一度让我觉得她是在生气，而并非真的要走。她说她买了车票，我仍然不觉得这是真实的。然后就是她跑邮局寄这些纸箱和包裹。她拿不动，我必须帮忙。我们搬动这些纸箱包裹费了很大力气，汗流满面，相视而笑，我还是不觉得她走是真实的。然后她就走了。我把她送到车站。她仍然有很多行李，我不得不买一张站台票，把她送上火车。安置好了，我还嘱咐她方便面、火腿肠、水果、零食这些在火车上吃的东西放在哪儿。她都点头说好。然后火车要开了，我下车。我仰着头看着车窗玻璃后的她，她冲我笑，挥手。她走了，真走了。

她在南京的手机号码注销了。网络通信也毫无回音。我家的钥匙她放在了茶几上，有两个月我都没动那串钥匙。后来我不得不将钥匙收起来，钥匙在茶几厚厚的灰尘上划了两道黑色的印子。在深夜，我还在听楼道里的脚步声，我能听出她的脚步声，但没有她的。她消失了，整整十年。

蒋婷在这十年里结过一次婚，但很快就离了。刘女士说，因为那个男的会打她。有一只眼睛几乎被打瞎了。现在蒋婷跟一个男人同居，那个男人是一个坏人，无所事事，天天问蒋婷要钱，蒋婷都给。蒋婷的工资也一般，自己并不用什么钱，绝大多数给那男人花掉了。蒋婷没有生孩子，她想生一个，但每次都掉了。

我觉得我们家婷婷过得太苦了。刘女士有了点哭腔。

是，我说，是不容易。

但她自己觉得很好。

10

刘女士和我在小区花园的长廊里坐了会儿。

我猜你已经结婚了，她说，但是我不能肯定，我觉得你应该没有结婚。

对不起，我结婚了。我说。

你误解了，我没有说你结婚不对，你当然要结婚，我也没有叫你和我们家婷婷重归于好的意思，那是不可能的。

是，确实没有任何可能了。

我只是挺难过的。

别难过了阿姨，你不挺潇洒自在吗？

怎么可能，谁能潇洒自在呢，我们又不是神仙。

那你为什么不重新嫁人呢？

然后她说她有个男朋友，说起这个男朋友，她高兴了不少。这个男人在她口中叫老陈，六十岁左右，是个医院的退休医生，老婆死了，孩子也都各自成家立业了。老陈对她很好，嘘寒问暖，体贴照顾，这辈子也没有哪个男人对她这么好过。另外，老陈的孩子也很认可她，尊敬她。五十岁生日，就是老陈和他的孩子们给她过的。蒋婷也不反对，但是蒋婷没有参加她的生日会，这些年也不太跟自己的母亲来往。她不知道自己该不该嫁给老陈。

为什么？

刘女士沉默了好一会儿。突然问我，你觉得我还适合结婚吗？

当然没问题。你不老，况且这跟年龄没关系。

那你妈妈呢？

我妈？如果她愿意跟个老头结婚，我没意见。

说得好听。

真的，我想不出我有什么反对的理由啊。

好吧，我信你。

这时候那个遛狗的家伙出现了，他看到我和一个陌生女人坐在一起，似乎无意撞破了奸情那样很不好意思地打算绕道而行。我不得不主动招呼他，然后摸了摸他的狗。虽然他不怀好意地盯着刘女士看，但我没有也无必要向他介绍她是我的什么人。

小林，你人很不错。刘女士等遛狗人和他的狗走了后，郑重地说。

我有点心虚，我说我自己不知道。

她说，真的，我挺喜欢你的。

我一下子紧张了起来。

你又误解了，刘女士甚至笑了起来，你别胡思乱想。

没没没，说着我站了起来，感到无所适从。

她笑，笑出了声。然后陷入了沉默。

过了好一会儿，她说：小林，你是个适合过日子的好小伙，哦，现在也不算小伙了。

我不知道怎么接话。

小林！刘女士突然严肃了起来。

嗯？

你知道吗，我一直把你当我的女婿看，虽然这么多年没联系，我还是把你当我的女婿看。

为什么？

因为我不喜欢婷婷后来找的那些男人。

也不能这么看问题吧？

刘女士没有答我的话，她径直说了下去，我和婷婷爸爸离婚很早，这你是知道的，娘家现在也没什么人可走的，我没什么亲人，有的时候我都不知道我们家婷婷算不算我亲人。我来找你真的就是探望一下你和你妈，哦，现在还有你媳妇和你的壮壮。

谢谢你这么想，我会告诉我家里人的。

唉，她叹了口气，但是我可能是自作多情。你现在知道了吗？

什么？

就是老是拿不下决心跟老陈结婚？

我真的不知道。

我要是想结婚，多少次婚都结了。我只是放不下我们家的婷婷，你懂吗？

你可以不用管她的。

我觉得好累。

说到这里，刘女士居然哭了起来。

我不知道怎么安慰她，或者她也不需要安慰，她需要哭一下。等她哭完了，才掏出纸巾擦了擦脸。她已经不再使用手帕，这说明了十年确实是一个不容小觑的时间长度。

好吧，她站了起来，就这样吧，不早了，我得回宾馆了。

我也站起，陪着她向小区大门走去。外面停着几辆出租车，她老远就冲它们招手叫唤。这一下子让我很焦躁。

我能问你个问题吗？

我感到自己的脊背发硬。

啊，什么？

我说了一遍我的问题，声音确实很小。

什么，你再说一遍？

我清了清嗓子，一字一顿痛苦无比地说：你知道蒋婷为什么要跟我分手吗？

刘女士应该没想到我会提这个问题，或者在她看来这根本就不是问题，她的回答也表明了这一点。

她说：啊，你不知道？

我说：我真不知道。

她说：那是因为她不爱你啊。

在县城

这是一个小县城，车站没多少人。所以下了火车，一出站，就能看到前来接站的张亮。

“我说得没错吧，李芫肯定不会来。”王奎十分得意地对高敏说道，后者则“切”了一声。然后他们向张亮走去，在那种有点肉麻夸张的寒暄中上了后者的车，搞得就像真的久别重逢似的。

不是好车，一辆老款桑塔纳，空调坏了。也不是久别重逢，上个月张亮和李芫还去过上海，王奎和高敏在家里招待了他们，并将他们安置在客房睡过两夜。

同为女性，高敏当然有必要客套地问李芫怎么没来。包括高敏本人在内，车上所有人都知道这属于明知故问，甚至不用回答。但张亮也不能装死，必须配合高敏的客套方式，说到旅馆把他们安置好后，李芫会过来。高敏听后，大家心照不宣地一笑而过。好在高敏第一次来，小县城的风光不得不看。沿街的家庭作坊式工厂几乎遍布他们到旅馆的一路，此外就是和其他中国城市并无二致的街景。

说来话长。很多年前，也就是网络刚普及那会儿，在一个论坛，张亮和王奎认识了。后来张亮去过几趟上海，王奎也来过一次县城。在这段交往中，张亮由未婚到已婚，再由已婚到有了婚外情。这个婚外情就是李芫。同步，王奎也最终认识了高敏，二人住在了一起。眼下的情况是，不仅张亮和王奎是朋友，李芫和高敏也算朋友。

张亮这种有个老婆还在外搞婚外情的状况，虽然在这年头司空见惯，但据张亮说，他和李芫的感情是真的，二人不是玩玩就算了的那种。这一点，作为小三的李芫也同意："八年了都，否则我们怎么可能会在一起这么长时间?”说得也是。起码高敏对他们持久而热烈的感情表示赞赏和同情。所以，最近两年，张亮一直在和老婆闹离婚，但又一直离不了。他的老婆不仅不愿意离婚，而且事业编制的身份使她始终保持着一种家丑不可外扬，纸绝对要包住火的努力。那就是，无论张亮在外面怎么乱搞，她气归气哭归哭，都不会放开音量和丈夫争吵打骂，就算有争吵打骂也只能在关上门窗拉好窗帘，仅限于卧室的范围。对此张亮刚开始也颇为顾忌，毕竟小县城就这么大，老婆是事业编制，他本人还是公务员呢，事情闹起来大家都不好看，以后还怎么在这个地方做人?

大概爱情的力量确实太伟大了，面对李芫的愧疚最后迫使张亮完全不要脸面了，直接将离婚的诉状递到了法院。可惜法院里有一个人是他老婆的亲戚，这个亲戚接了状纸，不但没有受理，反而赶紧把张亮的离婚愿望转达给了双方家人。双方家人的震惊和针对张亮的愤怒可想而知。据说张亮的老丈人当面训斥女婿时，张亮曾以国骂回敬。但即便如此，除了张亮本人，没有一个人同意他们离婚。

没有办法，张亮只好离开家，在外面租房子单过。这一方面落得个清净，另一方面也可以和未婚姑娘李芫秘密幽会。至此，大家虽然知道张亮在外面“瞎搞”，但除了少数几个人，没人知道他“搞”的是那个在县城中学教英语的李老师，那个住在县城百货大楼附近的李家姑娘。

直到半年前的一天早上，李芫还没醒（难得对父母撒谎外出旅游，留宿在张亮那儿），朦胧中听到有人开门进来。她没往别处想，以为是张亮买早饭回来了，刚想伸出脑袋看一眼自己这个亲爱的已婚男友，结果看到的是一个满面土灰的妇女（王奎见过张亮老婆，在他印象中，后者脸色还挺红润的）。这个妇女什么也没说，嗷的一声跳上床骑在李芫身上，两个巴掌跟雨点一般打在后者的脸上。至于嘴里的污言秽语，因为属于勤劳善良的中国人民经常使用的那些，就不赘述了。总之，如果不是张亮及时赶回，李芫觉得自己会被那个“泼妇”给活活打死。

提到这个恐怖经历，李芫止不住浑身发抖，泪如雨下。在王奎位于上海的家中，李芫甚至无视张亮的摇头暗示，把当时的恐惧程度淋漓尽致地表达了出来：“还还手呢，不瞒你们说，我当时都吓尿了。尿床了。尿裤子了。哦，天哪！”也就是说，在道德上，被奸夫张亮保护了长达八年之久的淫妇李芫，最终还是暴露了。“我也不知道她为什么会有钥匙，不知道她怎么知道我租住的地方。”张亮也感到恐怖，只能理解为他老婆的追踪和侦察能力非常了得。“也许她早就知道了呢，只是不想点破而已，”王奎自以为聪明地替张亮分析道，“现在你都闹法院去了，还骂了她全家，把她逼疯了，干脆撕破脸皮算了。”不知是为了缓解一下李芫的情绪，还是希望从王奎高敏的嘴中找到一点安慰，被捉奸在床之后没几天，张亮就带着她来了上海。这就是一个月前他们住在王奎家的前因后果。

那两个晚上，四个人主要就是不懈地谈论此事。而不懈谈论就会导致情绪化地重复、唠叨和语无伦次，直到临走那天晚上，四个人才露出疲态。因为大家谁也不知道这事接下来该怎么办。王奎和高敏不可能提供任何有建设性的建议。而在这两晚里，李芫反复表达的“再也不回去了”，最终还是以“他妈的，还得上班不是，还得把日子过下去不是”而告终。

返回县城之后，也就是在这过去的一个月里，张亮和李芫又遭受了很多磨难。张亮能上法院，说明他已经不在乎闲言碎语了，即便它正在呈几何级数增长。而且他是男的，在某种意义上，小县城的同类们指摘之余还免不了称赞、羡慕和愤恨。“哟嗬，没想到这小子还挺能搞，艳福不浅嘛。”“他妈的，我比张亮那小子差吗?凭什么他能搞我没的搞?”凡此不足道。

李芫就苦了，面对自己的父母就是一个大难题。要知道父母都是当地有身份有地位的人，就这么一个女儿，寄托了多大的希望。大学毕业至今，女儿都没有带过男朋友回家，随着女儿年龄越来越大，虽然他们隐隐有点着急，但还是理解为女儿和他们一样眼光颇高。李家书香门第，古代还出过翰林，就算女儿找了一个什么男朋友带回来了，二老也未必能满意。这下可好，女儿原来和那个叫张亮的已婚老男人通奸，而且据说已经八年了，这和一泡屎甩在他们脸上又有何异。列祖列宗在地下听见，也会纷纷以骷髅和半腐烂的模样爬出来对李芫加以阻止和鞭挞。李芫的父亲显然已经和女儿彻底无话可说。她妈妈除了垂泪，现在所干的就是每天擦干眼泪以接送女儿上下班的名义跟踪后者。

据李芫说，张亮老婆来找她妈妈的时候，她妈妈刚开始还很抵触，将前者轰出家门。后来二人居然建成了统一战线，互相留了手机号码，日日互通有无，目的就是让她们的丈夫和女儿不再继续做奸夫淫妇。如：

你女儿今天没去找我老公吧？

绝对没有。

那我就放心了。

你就不能把他所有的钱控制在你手里，让他租不起房子？

不太容易，但正在努力。

加油。

共勉。

晚安。

好梦。

虽然通过其他方式已基本了解，在旅馆房间里，当面听完张亮李芫的最新情况，王奎实在按捺不住，率先笑了起来。高敏受笑声感染也笑了笑。二位当事人想了想，也觉得确实好笑。所以最后四个人都发出了经久不息的笑声。

此时已是晚饭时光，但四个人并没有一起吃。

从车站到旅馆，确实是张亮开车接送而来，但他并没有下车，只将王奎高敏放在旅馆门口就继续把车开走了，赶赴自己的住处。因为他必须让随时而至的老婆不仅看到他换了锁芯的房子灯光是亮的，楼下那辆桑塔纳也健在。而李芫，她之所以能够出来，是明确告诉父母有上海朋友来看她。不过，李芫妈妈还是陪女儿一起来到宾馆眼见为实了一番。

这是一个身材挺拔的女人，比同龄女人要高那么一点。黑牛皮靴，呢子大衣，挎包锃亮，头发高高烫起，能操一口带有方言但颇为清晰的普通话。就当代国情而言，无论从哪点来看，都算那种中年气质妇女。但她仅仅在房间里稍坐了片刻，就以“你们年轻人玩吧”为托词礼貌地离开了。她走后，王奎对李芫的妈妈赞不绝口。表示无法相信如此雍容高贵的县城妇女会做出跟踪女儿的猥琐之事来，更难以想象这个描过眉线的女人哭肿双眼的样子。

“没道理全世界的妈妈都一样啊。”王奎说。

他还不由得感慨起了自己的母亲，一位农村老太太。后者远在千里之外，按这时令，或许正满腿泥点从菜园里摘了一把青菜沿着田埂往家的方向逶迤而行呢。而高敏的母亲，王奎也见过。虽然是位国企退休会计，不像自己母亲那样没什么文化，但也不会说普通话，脾气暴躁，嗓门巨大，因为肥胖和高血压，一副随时随地会被儿女气死的样子。也就是说，王奎并不欣赏高敏的妈妈。他从来没有想过，也不敢想象，自己会和这样一个老太婆打交道。简言之，他不觉得自己理想的岳母形象是高敏妈妈那样的。进而言之，他还没有想过和高敏结婚。这是王奎和高敏之间的事。

因为是自己母亲，李芫当然不会对王奎的盛赞表示态度。高敏则一贯地以不屑和懒得接话的方式来忽略这个无聊的话题。然后张亮才驾到，他把车停在租住房楼下之后，是打车来的。他们就着旅馆房间里的茶杯和漱口杯（加起来正好四个）喝了会儿茶，聊了会儿天。然后天黑了，该吃饭了。在他们去吃饭之前，张亮惭愧地表示自己有两个星期都没和李芫见面了，而考虑到旅馆外面或我们可能去吃的饭馆附近有自己老婆或李芫妈妈潜伏的身影，他就不跟大家一起去吃饭了。他也不打算另外找个地方随便吃点，就待在王奎和高敏的旅馆房间里等，大家可以在回来的时候给他随便带点什么果腹。闻听此言，王奎还故意做出一副大丈夫何至于此非要拉张亮一起的架势。做完这些动作，三人就扔下电视机遥控器和张亮出去吃饭了。

在去饭馆的路上，李芫提到一点，张亮最近手头非常紧，工资卡确实被老婆没收了，单位里任何其他福利也几乎被后者早丈夫一步提前领取一空。张亮现在基本靠举债度日，而这一债务因不便公开，只能向罗婷燕借。

说到此处，李芫拽了拽王奎的胳膊："罗婷燕，你还记得吗？"

"罗婷燕？"王奎愣了一下，隐约想起什么，但还是反问，"谁？"

"嘻嘻，装吧你。"李芫看了眼高敏，"当然了，高敏不知道。"

王奎觉得这样也没什么意思，索性把自己想起的那点什么说了出来：“罗婷燕是不是大表妹啊？”

“嘿，就是她。算你还没老糊涂。”

“你直说大表妹就是，罗婷燕罗婷燕，瞧这名字，这么多字，名字多难记啊。切，你能说出陀思妥耶夫斯基全名叫什么吗？”

“费奥多尔·米哈伊洛维奇·陀思妥耶夫斯基。”在一旁的高敏脱口而出。

罗婷燕，张亮的大表妹。据后者说，算是他为数不多了解并理解他的亲人之一。

大概十年前，也就是张亮第一次到上海和王奎搞什么网友见面那次，大表妹就算和王奎认识了。当时她在上海一所大学读书，还不太识路的张亮是在大表妹的带领下找到王奎的。但她并没有同表哥和王奎一起吃饭，只负责将表哥送到并与王奎点点头就转身走了。而且当时是夜晚，街市上光影晃动，稀里糊涂的，所以王奎对她并没有形成所谓的第一印象。不过，王奎记得当时有一个感受，那就是当他和张亮找了一家饭馆相对而坐的时候，觉得多少有点拘谨和别扭。然后心里一直在犯嘀咕，人家网友见面都是一男一女，开房或不开房，目标明确。他们两个男的搞这一套到底想干吗呢？况且，因为初次见面，彼此并不了解，除了虚头巴脑地寒暄和盘问，也没有什么值得深入交流的话题。看来只能喝酒碰杯。很快王奎又发现，没有交谈，推杯换盏毫无动力可言，酒喝不动。这时候，一个念头划过王奎的脑际，并且还当着张亮的面说了出来："你为什么不留你的大表妹一起吃饭呢？"

多年以后，准确地说是三年前，无所事事的王奎因为在上海实在憋得难受，曾孤身一人来找过张亮一次。第一晚，在张亮家享用了张亮老婆亲手制作的家宴。王奎盛赞了菜肴和嫂夫人，并在酒精的促使下，一个劲表达了对张亮这红红火火的小日子的羡慕之情。后者老婆"脸色红润"的印象就来源于此，与李芫描述的"满脸土灰"完全不同。但也仅限于此，再没见过。其后的几天，张亮都是带着李芫出场的。至此王奎才知张亮并不以自己昨晚盛赞的"红红火火的小日子"为荣，反而说是其痛苦的根源。张亮婚外另有所爱，这才是真相。王奎确实糗大了。不知者无罪，很快王奎的惭愧就被其他替代了。

在之后的几天里，王奎游览了这个小县城所有值得一去的地方，均由张亮李芫这对奸夫淫妇全程陪同。此外，可能是为了不让王奎觉得孤单，或者为了活跃气氛，善解人意的张亮把两位表妹也都拉了出来一同玩。其中之一就是自己多年前即已有过一面之缘的大表妹罗婷燕。此时，大表妹也早已毕业，已经出落为一位正在婚龄的大姑娘了。毕业后，罗婷燕没有留在上海，而是返回家乡，在一家当地公司任文秘。神态穿着也颇吻合这一职业。

“我见过你。”罗婷燕未及表哥介绍，就笑盈盈地看着王奎这么说道。

张亮也是刚刚想起。然后给身边的李芫介绍了前因后果。王奎不禁额手再三，做出一副年纪大易忘事且年纪没有大到全忘的模样。总之，故人重逢，大家都很愉快。

渊源不浅，王奎孤身一人，罗婷燕也单着，那还用说，不如撮合了算。尤其是李芫，对此事甚为热情。具体表现在吃饭坐车的座次安排上，都是让二人紧挨着。仿佛唯有如此，这对孤男寡女才会结为一体永不分离似的，而一俟他们坐得远了点，就必然阴阳两隔永不相见一般。这一点，王奎当然心领神会，李芫也私下直抒胸臆，问他：“你觉得怎么样?”

“好，很好，大表妹真是个非常好的好姑娘。”王奎没道理不赞不绝口，一如第一晚针对张亮的家宴。

不过，在整个游山玩水的过程之中，王奎表现出来的似乎是对张亮的另一位表妹更有好感。也就是小表妹。小表妹和大表妹不是亲姐妹，是张亮姑妈的女儿(大表妹是舅舅的女儿)。大概也正是因此，这两个姑娘完全不同。大表妹已入社会，适在婚龄，举止稳重，追求端庄。小表妹尚在校园，恋爱季节，活泼可爱，毫不掩饰自己的机灵和喜恶。

所以情况是，虽然桌上和车上王奎紧挨着大表妹而坐，但在县城的街头巷尾，在名胜古迹之间，王奎都仅仅追随小表妹精巧而灵活的臀部或上或下，奔走不已。

“太明显了，太过分了。”事后李芫佯嗔王奎。后者只能露出下流的愧色。张亮则在一旁宽容地哈哈大笑。

但即便如此，大表妹都没有拂袖而去，而是也从头至尾兴致勃勃地加入了游玩。也有可能大表妹和王奎一样，压根就看不上吧。

王奎记得在老县城一块宋代石碑前，罗婷燕抚摸着上面漶漫的字迹，对着王奎惊叹道："不是因为你来玩，我还不知道我们这个破地方还有这么老的玩意儿呢。"

小表妹则在一旁嗤之以鼻道："这又有什么好玩的呢？"

"啊，真是难以想象，都过去三年时间了啊。"王奎感慨道，"一切就像昨天的事，那真是一次愉快的经历啊。"

"是啊是啊。"李芫也有同感，那时候她作为小三的身份还没有暴露，尽可以和张亮花前月下，游山玩水，多么美好的时光。

这段记忆与高敏无关，她当然体会不到，不过她还是好奇地问："这么说，大表妹和小表妹知道你和张亮的事咯。她俩现在怎么样了？"

"大表妹结婚了，也生孩子了，小表妹应该毕业了吧，"李芫说，"具体我不太清楚，待会儿吃完回去问张亮吧，毕竟是他表妹嘛。"

不过他们当夜并没有问到大小二位表妹的具体近况。三人饭间，王奎收到张亮短信，问他和高敏能否迟点回旅馆，去逛逛近在咫尺的老街，让李芫先回来?

“我都半个月没跟她在一起说过话了。”张亮哀告道。王奎当然懂，表示叫李芫先回，自己带高敏“逛逛古城夜色”。

李芫有点害羞地表示这样也行，“反正老街就在出门右拐，王奎认识。”不过他们都似乎没有注意或者蓄意忽略掉高敏的脸色。

在老街，王奎和高敏逛了足足二十分钟，彼此都没有说话。高敏有无人知晓的情绪，王奎谈不上。在后者这里，属于陡然置身于某个过往经验的现场，而眼下物是人非，身边还多了一个在上述经验之外的人，仿佛有点莫名其妙，很不适应。他甚至还默默地打量了一下高敏，并将她和大表妹罗婷燕与那个小表妹进行了一番比较。进而想到，自己到底是什么原因会和高敏在一起的呢，为什么两年前他们认识之后就会在一起这么长时间呢。在来这个小县城之前，在上海的家中，他们发生过一次激烈的争执。虽然围绕的核心问题是二人关系的走向，包括结不结婚，什么时候结或者什么时候分的问题，但他们争执的内容却又与此毫不相关。他们为了王奎的工作问题（赋闲在家）而唇枪舌剑，也涉及平时彼此相对立的作息方式、生活习惯的差异，以及某次在某个场合下所说的话的不妥及或许存在的针对对方的潜台词等等。他们互不相让，摔锅砸碗，针锋相对。王奎习惯于表示对争执感到厌烦的模样，而这一厌烦的态度又会将争执导向更为激烈的层次。哭喊、吼叫，乃至肢体冲撞由此而生。最后是以王奎诉诸暴力而达到高潮。这和性爱过程颇为相像，高潮退去，就是死寂。对峙几天，由不温不火地彼此交谈和接触开始，再把之前的所谓正常生活续上。照此下去，循环往复，永无止境。

“要不，我们出去玩几天吧？”王奎提议。

“好啊，”高敏说，“去哪儿？”

“你说。”

“我说？切，我说了你是不会去的。”

“说话别呛好不好？”为了不让对方在“呛”这个字上做文章，王奎赶紧跳过，说，“要不我们去找张亮李芫吧，看看他们现在怎么样了。”

“也行吧，李芫确实经常邀请，我也确实没去过。”

现在，他们已经到了这个地方。下了火车，登记了旅馆，见了张亮李芫，也吃了晚饭，在街上逛荡。但缓缓走在后面脸色暗淡的高敏就像一个鬼魂一样。而在高敏眼中，前面那个东张西望还频频回头的家伙又何尝不是一个蠢货。

也许是老街上特有的商品转移了高敏的注意力，她在一个卖小玩意儿的店铺前停了下来。王奎顺势折返，站在她的一侧。

“你觉得这个怎么样？”高敏将一个小小的熏香炉拿起来给王奎看。

“干什么用的？”

“熏香炉啊。”

“《沉香屑·第一炉香》什么的？”

高敏放下香炉，很不以为然地说：“噢，你这是卖弄还是做作呢？”

“我只是问问是不是那玩意儿。我没见过这种东西怎么啦？难道不能没见过？”

这回高敏没接话，而是再次拿起那个香炉左看右看起来。该香炉看样子确实娇小可爱，表面看上去像紫铜制作的。

王奎不依不饶地说："我家里只有蚊香，可没有第一炉香噢。"

"你这人怎么回事，"高敏再次放下香炉，"我说要买了吗？一边儿去。"然后拨开王奎继续向前。

就这样，二人又逛了一些店铺，交谈与上述基调雷同，在此不赘。直至他们把整条老街都逛完了（其实很小很短），张亮李芫也没有发来短信通知他们可以回旅馆房间。二人只好在一家卖竹器的店铺门前坐了下来抽烟。高敏坐一把立背竹椅，王奎则在一张躺椅上躺了下来。在躺下的同时，嘴里还发出一串舒服或痛苦的呻吟，就像真的累坏了或者很享受似的。这当然博来高敏的一个鄙夷的眼神。王奎死猪不怕开水烫，说："要不，我让你躺？"

"你觉得这样显得你很幽默吗？"高敏说完这句再没说话。

本来店主是想轰走这对莫名其妙的男女的，不过，因为王奎和店主的儿子玩了起来，就没好意思再撵。这是一个胖嘟嘟的小男孩，三四岁的样子，最让人惊喜的是，他一点也不怕生。他一会儿拿出一个变形金刚，一会儿拿一辆小汽车，凡此种种，不停地奔跑于店内和王奎的躺椅之间。而且每次显摆玩具，都会问王奎，你有吗？王奎承认没有。而当他一俟伸手想从小男孩手中拿过来瞅一瞅时，小男孩都会把玩具往身后一藏，说："这是我的！"就算后来小男孩爬到王奎身上握着小汽车在后者胸脯上滚来滚去嘴里嘟嘟嘟溅出的口水喷了其一脸，也仍然如此。王奎休想玩他的小汽车。张亮短信来，二人起身走的时候，小男孩还跟着王奎。仿佛要跟到王奎家继续玩一样。可惜被店主一把抱住。

"跟叔叔阿姨说拜拜。"

"嘟嘟嘟。"他理都不理，小汽车在爸爸的脸上行驶了起来。

眼看就要到旅馆了，王奎这才打破沉默。

想到这个小男孩最终还要长大成人，而长大成人就意味着经历无数屈辱、欺骗、艰辛，说不定在他读中学的时候踢球会摔骨折，青春期了喜欢女同学也会遭到拒绝……"哎呀，想到这些，真是让人绝望啊。高敏，你说呢?”

高敏注意到，他是对着前方越来越近的灯光说的，为了阐明自己的看法，他甚至还对着光亮点了点头。

“嗯。”她说。

因为太晚，当晚四个人只在旅馆大堂里交接了一下，约好次日活动安排之类就分开了，王奎高敏回了房间。

二人也没为此交流过什么，回到房间就心照不宣地在房里检查了起来。尤其是床。显然，张亮李芫动过床，否则不会如此平整（晚饭之前四个人还在这里坐卧随便地聊过呢），就跟服务员刚刚打扫过一样。过分整洁尤其令高敏担心。

他们没有订到大床房，而是标准间，两张床。

“你觉得他们在哪张床上搞了?”高敏有轻微的洁癖，把两张床的被子掀了数遍，也判断不出来。

“我也看不出来。”

“那怎么办?”

“要不要问问张亮?”

“有病吧你。”

最后是高敏让王奎睡她想象中被张亮李芫搞过的那张床，自己选择那张在想象中未经交媾保持贞操的床。为什么不一起睡那张贞洁的床？高敏的意思可能是王奎需要惩罚。

躺下后，王奎才突然发现，这根本就不是自己的睡觉时间。电视频道换来换去，然后问高敏有没有睡着？高敏回答说睡着了别烦我。他就爬上她的床，说："我睡不着。"

没想到，怄了半天气的两个人居然做起了爱。

自从他们同居以来，确实如人们所说的那样，对方的身体和性能力已经毫无新鲜感可言，做爱的频率与日俱减。如果没记错的话，上一次做距今起码有十天了。照这态势下去，他们势必在不久的将来就过上无性生活。这就涉及一个问题，一个男的和一个女的，他们无论是以情侣还是夫妻的名义躺在一张床上，没有性行为是否可以成立？没有性行为的情感质量是否有所变化？是更加牢靠了，还是应该赶紧结束？多年不与自己老婆做爱的张亮，其婚外情与性行为是否有重大关系？而眼下，王奎和高敏时隔多日之后在一个小县城的旅馆里大干一场，又是否表明他们的关系还能维系下去？维系到多久？

当然，这些问题都是所谓事后烟时王奎的胡思乱想。在做爱的过程中，脑子里却因地制宜地充满了这个小县城的人物形象：竹器店铺探出脑袋的老板娘，旅馆大堂里坐着打哈欠的服务员，电梯里其他楼层其他房间的女人，当然还有三年前矜持的大表妹和可爱的小表妹……总之，人的大脑容量远远超于我们的想象力。

因为做爱，床被弄脏了，起码高敏这么看。在她的催促下，他们又换到了另一张床睡觉。

在这张床上，王奎中断了自己之前的胡思乱想，开始感受小县城夜晚与上海的不同。窗外没有什么车辆行驶的声音，半掩的窗帘外也没有刺人眼目的灯光。昆虫的鸣叫就像在他们房间的角落里，而远处的狗叫，根据经验应该是村庄里的那种狗，而绝非出自那些蓬头垢面穿着睡衣出门的妇女所牵的狗之口。它们发现了什么？一个通奸者刚刚回家？或者一个偷鸡的人不慎暴露了自己？甚至，一个老人刚刚停止了呼吸，奔丧的脚步在村道上疾行？

第二天将近中午，刚刚起床，张亮就敲门了。洗漱完毕，三人就去吃饭。

三年前，张亮带王奎去吃过一家小馆子。这家馆子是老县城一条巷子里的一户人家。旧式民居，厅堂里就两张桌子。老头当厨师，老太当端茶倒水的服务员，儿媳则在厅堂后面的天井里择洗菜蔬。人员就这么多，规模就这么大。在记忆中，饭菜好吃得不得了，而且很便宜。但张亮认为路略远，不如就近解决，而且附近有一家他觉得不错的馆子。王奎当然也会在心里反问自己，难道真的好吃吗？兴许是你被这种形式（家庭、清代古宅、家常菜）所迷惑，而事实并非如此。但他还是坚持要去，因为在来的火车上，王奎就在高敏面前对这个家庭小饭馆絮叨不已，不吃一下是不行的。张亮只好带路。不过，当他们赶到那条巷子，发现这条巷子一个人也没有。人去屋空，硕大而丑陋的“拆”字遍布每一堵墙面。

大快朵颐，家常菜，特色菜，美食，这些想象最后只能在街角一家沙县小吃解决。吃完后，三人打车到城郊处一个水库。李芫的倒影已在水库中垂直良久。

确实是一汪好水，四面层峦叠嶂，郁郁葱葱，水也绿得吓人，清澈得要命。如果不是天凉，王奎说自己一定会脱光下水“干把澡”。然后大家就谈论“干澡”的问题。张亮和高敏均不会游泳，李芫在游泳馆学过，而且这么多年一直游，有全套武装。但露天游泳，她还真没有过。王奎出身于农户，其老家虽地处平原地带，但沟汊众多，据他所说，自幼也是在水里泡大的，搞鱼摸虾，年年都会淹死个把小伙伴，啊，真是美好的童年。不过，考虑到进城读书距今已逾多年，还能不能游，能不能游得动，好像也是问题。幸好天气太凉，无须丢人现眼。

除了这种因景触情，四个人不免又重复了之前的话题，即张亮和李芫该怎么办。照例，王奎和高敏也不知道怎么办。

“问题是，这样，你俩能甩掉跟踪你们的人吗？”王奎问。

“这样如果还甩不掉，那就犯不着甩了。”高敏代答。

“我看未必，”王奎指着一个在树林间匆匆滑过的背影，对张亮说，“刚才这个人会不会是你老婆呢？”

“我的妈呀，你还别说，看背影还真有点像。”李芫说着望了张亮一眼。

“妈的，”张亮口气听上去有点生气，“还我的妈呀，为什么不能是你妈，而是我老婆？”

李芫闻听此言，也不高兴了，当即停下脚步，站在三个人的身后不走了。高敏返回去拉她，张亮则愤愤地踩灭烟屁股，一个箭步蹿入了树林。看样子他就像要揪住那个可疑的背影，然后将其肩膀扳过来，确定到底是自己老婆还是李芫她妈。大家只好站在原地等待。

过了好一会儿，树林里才走出一个拎着蛇皮口袋的妇女。口袋里都是空塑料瓶子，因为走动，袋子里的瓶子彼此撞击，声音十分显著。她瞪了一眼林子外的三个人就潇洒地将口袋往肩膀上一搭，扬长而去。这已足够让人发笑。紧接着，是张亮觍着张大脸出现。

张亮表示自己根本就不是去揪想象中的追踪者，而是去撒尿。但是，当他找到一块巨石正试图掏出家伙的时候，发现这个妇女从石头后面突然蹿了出来，而且也是在拎裤子。看样子她也刚刚尿过，或者张亮打断了她的排泄进程。她脸色如土，但没有看张亮，就是这样。

大家都笑坏了，包括刚刚还在生气的李芫。王奎认为，无论怎么说，张亮和那个拾荒妇女在选择撒尿场地上，可谓英雄所见略同。一块巨石，一棵大树，人们为什么总是以为这些地方适合撒尿呢？难道它们真的存在“背后”？张亮的经验告诉我们，没有“背后”。

因为此事，四人说笑了好一会儿。以至旁逸斜出还讲了一些个人类似的经验段子。其中包括王奎的一次误闯女厕，高敏大学时代的某个夏天冲进男生宿舍和前男友大吵大闹的不堪往事，李芫前往某个已婚女同事家发现其枕下有自慰器具，等等。结论是，人为什么这么糟糕地活着？为什么我们不能够像电视广告上的生活那样彬彬有礼，那样纯洁和幸福？

可能和时间有关系，最后大家都有点累了，没人愿意主动提供话题。此时夕阳西下，倦鸟归林，大家来到盘山公路上或蹲或立，等候出租车。但等了很久也没等到。就像他们是被人类蓄意遗弃的那样。张亮只好拨打电话求助，派人来接。因为是方言，王奎和高敏不知道他都说了什么，但可以听出对方很爽快。张亮挂了电话，告诉王奎，大表妹罗婷燕会开车来接大家。

这算是王奎和大表妹第三次见。考虑到十年前的第一次见只是夜色下的匆匆一瞥，所以王奎只能把眼前的罗婷燕与三年前那次相比。怎么说呢，大表妹变化巨大。这不仅有结婚生育后的外貌变迁，还有别的。比如，前次来，罗婷燕虽不乏地主的热情，但显得审慎和矜持，此番却显得格外的热情洋溢。当得知高敏是王奎的女朋友后，整个人更加莫名兴奋了起来。这种兴奋就好比王奎是她的远方表弟，而这位表弟多年来一直形单影只，着实让她担心，这下好了，表弟终于带着个女的出双入对了，她总算松了一口气。

“说吧，王奎，你们什么时候结婚啊？瞧人家姑娘多好，配你真是绰绰有余。”罗婷燕一边开车一边说，并从后视镜里看了一眼王奎。当然，王奎也看到了她。他只能尽量不去看高敏，尴尬地笑笑，表示再说再说。

“什么叫再说嘛。嘿，王奎女朋友，你说呢?”她还锲而不舍了起来。

“罗婷燕，告诉过你了，她叫高敏。”李芫替高敏鸣不平起来。

坐在副驾驶上的张亮大概感觉到自己表妹如此逼问两位客人有点不妥，摆出大表哥的姿态训斥道："好好开你的车吧。"

"啊，瞧我。抱歉抱歉。高敏你不会生气吧？"

"呵呵，"高敏似乎还有点幸灾乐祸地答道，"怎会？"

车在山脚一个貌似度假村的地方停了下来。三女两男在此晚饭。料想这么个僻静所在，不会出现李芫的妈妈或张亮的老婆。

"太亮了。"一进包间，王奎就叫了一声。

大家也都有此感。包间里两根日光灯，过于明亮，五个人陡然从暮色中置身于此，让人略感惶恐。鉴于之前罗婷燕的逼问，大家担心饭桌上的交谈带有审讯意味。

所以王奎还试图关掉一根，但两根共用一个开关。他们只好在强光下依次坐下。一时不忍面面相觑。只见塑封的碗碟杯勺在桌面上投下了极其夸张的阴影。张亮率先用筷子猛击塑封，声音也极其响亮。

"王奎你现在做什么？还是不上班吗？"罗婷燕问。

“是，”王奎迅速地答道，但觉得自己过于紧张了，换了个口吻补充道，“不知道自己能干吗主要是。”

罗婷燕浑然不觉，激动地表示：“我现在也不上班啦。”

“她要带孩子。”张亮对表妹的激动之情不屑一顾，解释道。

罗婷燕立即反驳道：“什么带孩子，没结婚没有孩子，我也会不上班。我早就受够了。我要是想上班，随时可以。”

一直未说话的高敏出于客套以及女人的某种天性不免问了罗婷燕一些孩子的情况，多大了男孩女孩之类。在“是否母乳喂养”这个问题得到对方解答之前，王奎不自觉地瞥了一眼罗婷燕的胸部。比他记忆中更加扁平。罗婷燕的变化还在于，她不像很多女人因为婚育而丰满发胖起来，相反，少女时期的清秀延伸至今，她每况愈下，居然呈现出某种干枯形象。如果不是灯光原因的话，她惨白消瘦的脸膛上的雀斑数量可能还要多一些。但这不是病躯，在王奎看来，恰恰相反，非常像一个大病一场刚刚痊愈体力不支但精神倍增的人。

为了使谈话不陷于一问一答之中，李芫顺势又说到奶粉的问题。罗婷燕表示自己的女儿只吃网购的外国奶粉，而李芫认为，网购奶粉也不可全信，如果能托朋友，尽量在国外或香港买比较好。

说了好一会儿话，都没有一个服务员进来招呼点菜。张亮出去喊，仍然没人来。他只好骂骂咧咧地去找服务员，王奎见状，则跟着他一起出了门。

可能因为是旅游淡季，度假村里几乎没有客人。前台只有一个耳朵上挂着耳机不停拨弄手机的姑娘。她搞清情况后，朝身后的酒柜喊了几声，这才有个女服务员踅了出来。后者不好意思地冲张亮王奎伸了伸舌头，像个上学快迟到的初中生那样在吧台上抄起菜谱就一路小跑着奔向他们的包间而去了。王奎问了前台卫生间的位置，张亮也跟在身后。

"别听她说的。"张亮突然来了这么一句。

"谁?"

"我大表妹罗婷燕啊。"

张亮告诉王奎，罗婷燕嫁得虽然不错（男方家经济条件很好），但她生了个女儿不能获得公婆的喜爱。另外，她的公婆是那种特别老古董的人物，不许儿媳出去工作。甚至回娘家次数过多也有意见。

“他们可能觉得儿媳会把家里的东西往娘家搬吧。”

王奎略感到吃惊：“那罗婷燕老公呢？”

“别提了，那个人跟我初中同学，初中没毕业就出来做生意，发了财，没什么文化吧，喝点酒就会打人。大表妹被打得要离婚，但怎么离呢，小孩还这么小。也够操心的啊。”

“你初中同学，不会是你介绍的吧？”

“确实是我介绍的，怪我。”

“妈的！”

五人晚餐还说了很多内容。触景生情，免不了要提到张亮的小表妹，三年前王奎一路紧跟不舍的那个姑娘。

“嘿，就知道王奎那点心眼。对我们小表妹心怀鬼胎。”罗婷燕不失时机地讥讽道。

“也不能那么说吧，”王奎看了眼高敏，说，“小表妹长得漂亮，活泼可爱嘛，谁不喜欢啊。”

“这倒也是，我也挺喜欢她的。”罗婷燕又说，“可惜你来得不巧，她前天刚走。”

张亮补充，小表妹大学毕业后去了北京。现在是一名知名周刊的文化记者，天南海北地到处跑，采访各路文化事件及相关人等。大家现在坐在小表妹家乡的一个饭馆里谈论她，似乎能够看到她出现在机场、车站、码头的干练身影。而这些交通工具所经过的那些河流、群山、城镇也历历在目。这似乎也让他们五个人谈论小表妹显得那么委琐和多余，仿佛只有小表妹才是唯一正确的人。

“京城名记噢。”罗婷燕说。

面对这个词，大家只好干笑了两声。

“已经换了好几茬男朋友。”还是罗婷燕。

“这个正常吧，”李芫说，“现在女孩不都这样吗？”

“切，说得你好像多老似的，”罗婷燕反问道，“那你呢？”

因为这个问题过于尖锐，李芫生气了，不是罗婷燕及时道歉以及众人劝解，她就要起身离开了。因为坐在一起，高敏死死摁住她，并拉着她的手说了一些别人听不清的悄悄话。当然，要离开是装的，真要走谁也留不住。

确实，从某种意义上，李芫也不老，刚刚三十。不过，八年来，她确实没有换过男朋友，而且男朋友一直是张亮这个有妇之夫。张亮因为离不了婚，不断向李芫建议，她可以重新恋爱，找一个能够让其父母认可的男朋友。说到此处，张亮经常自我感动，表示如果李芫有了新的恋情，他也不会再找什么女人了。他年将四十，已经没有“爱的能力”了。大不了和自己的妻子继续凑合下去，挨熬几年，也就老了。他对自己未来的人生近乎绝望，虽然他也有离婚成功和李芫在一起的可能性，但他更信任自己会过上前一种生活。然后呢，然后他就变成这个小县城的一位退休人员，未必去广场上跳舞，也未必提笼遛鸟，但无论怎么着，他都将是一个县城老头。

和小表妹有关，进进出出端盘子的那个服务员后来变成了他们的话题。她很年轻，之前的吐舌头和一路小跑已经说明了这一点。因为没有什么其他食客，菜也上齐，她乐于回答问题。她刚刚十九岁，并非本地人，也没有男朋友。

“如果，我说如果，”高敏问，“这两个男的，你会选谁做你的男朋友？”

小姑娘毫不介怀地在张亮和王奎脸上睃巡良久，然后翻起眼睑想了想，指着张亮说：“他！”

“为什么？”

“没有为什么。”

大家都笑了。王奎假装不甘心地叫她也一桌坐了好好聊聊，没想到小姑娘非常坦然地拉过一把椅子坐在了他的一侧。但她坐得与圆桌稍远，不会像其他人那样可以将双肘支撑在桌面上。她无意加入饭局。不过，小姑娘的举动超出了王奎的经验。

多年以来，王奎总是喜欢在饭馆调戏女服务员，这是高敏眼中他的猥琐之处。可能恰恰因为高敏有此定性，王奎又似乎是蓄意地会邀请她们坐下来，但这显然没有一次成功过。所以，当这个小姑娘真坐下来，王奎又不知说什么了。

“当服务员好玩吗？”罗婷燕问她。

小姑娘反问：“你说呢？”

“那你想干什么？”王奎说。

“我想回老家养猪。”小姑娘说，“现在猪肉太难吃了。”

大家又笑了。小姑娘却有点不高兴了，问大家这个有什么好笑的。正巧外面有人叫她，她这才气鼓鼓地走了，自此再没出现。前台埋单时，王奎希望她能从吧台酒柜后面再次踅出来，那样大家可以和她说声再见。可是，没有。不过小姑娘算是为他们的饭桌提供了一个尾声话题，那就是你想干什么，你最初想干什么，或者干脆说了吧，你的梦想或理想是什么。

高敏说她小时候希望长大后能开一家花店，李芫则说她大学时因为学的是英语，希望自己能够当一名翻译，张亮说他年轻时只想离开县城，干什么都行，王奎表示自己确实没有什么理想，他只希望每天有饭吃有酒喝就行了。

“寄生虫？”罗婷燕问。

“可以那么说。”

总之大家的回答都很敷衍，没有任何说服力。只有罗婷燕最后才说，而且在别人说的时候她都在很用力地想这个问题。

她说："我梦想自己是一个仙女。"

次日安排其实早在王奎和高敏来县城前即已在电话中敲定。唯一的变化是，罗婷燕主动提出也要去。五个人，一辆车，前两后三，满满当当也正好。另外就是张亮确实不愿意动用自己那辆桑塔纳，放在楼下起码可以稳住他老婆。罗婷燕也有车。

还是进山。沿着盘山公路开。

他们要去山里一座寺庙。据张亮说，他和李芫前两年去过，许了愿。现在也谈不上去还愿，只是那地方不错。没什么香客最重要。另外，和尚是和尚的样子，个个骨瘦如柴、神情幽暗，对比这年头屡见不鲜的胖头和尚，有点高僧大德的感觉。庙宇呢，也是好的：青灰色调，油漆剥落，庭院坑洼，老树纵横。

谈不上险峻高大，但确实是好山。几乎全被绿色植被覆盖。漫山遍野的毛竹，如波涛汹涌。正要昏睡，陡然的山涧流瀑又让人精神为之一振。对张亮李芫罗婷燕来说，这些见惯了，不稀奇，王奎这方面也颇钝，相比之下，只有高敏一直保持着关注度和兴奋之情。她是北方人，王奎陪她回过一次家乡。那里一马平川，全是庄稼地，没什么树，有也小得“像骡子和驴子”。这个比喻是王奎当时应景忽然想起来的，虽然莫名其妙，但倒也贴切，总之高敏没有异议。在前往后者家乡的火车上，窗外没有任何景色可言。唯一让王奎眼前一亮的是，大型收割机稳稳地经过大片的玉米地，源源不断向后喷射秸秆的碎末。“当一个收割机驾驶员应该是一件挺威武的事。”没有任何理想的王奎见到这种情形都会即兴一番，就好像他什么工作都有兴趣似的。然后必然招来高敏的哂笑。这基本就是他们的方式，与一对蹩脚的相声演员相仿佛。

在那个山涧，应高敏的要求，停了车。她奔向瀑布，在一块圆润的大石头边蹲下身，掬一掬那些泉水。它们那么清澈，其目的似乎就是让人掬一把。

“尝一尝吧？”王奎冲她喊。

“你来。”高敏说。

“我来就我来，不过说清楚了。我喝了你也喝？”

张亮在一旁说：“没事的，我们小时候就喝这些水。”

李芫则说：“算了，看起来干净，未必真干净。”她还回头看了眼群山，这仅是一个暗示。大山霭霭，树木葱郁，谁又能弄清这水流经何处携带什么呢？死去的动物、伐竹人留下的粪便、未知的病菌以及鬼魂的幽怨。

罗婷燕当然也来到了大石头上。她可能见大家实在聒噪，而且无聊。所以她干脆找了一个能坐的地方，脱掉鞋袜，把脚放进了泉水里。在放脚的时候，她用脚尖试探了几次水温，大概是凉的缘故。但这和太烫是一致的，最终我们都会把脚放进去，并由嘴里发出一种痛苦或惬意的呻吟。

很明显，大家争执于水能不能喝的问题真是多余而矫情。这么清澈的溪流，洗脚看来不仅让其他四个人纷纷效仿，也大概会成为人类共识。

五个人一溜坐在石头上洗脚，鞋袜像彩色的粪便那样堆积在相应的人的身后。泉水流过脚背，甚至在十个脚趾间穿梭，让他们感到一种愉快的痒。他们也不能免俗地互相打量彼此的脚。经过一番评比，李芫的脚最小，但肉乎乎的，并不算好看。王奎的脚因为瘦长，骨节和血管清晰，更接近于脚的“经典形象”，被一致认为是最“标致的脚”。不过，他们后来还是被罗婷燕的脚所吸引。她的脚不仅每个脚趾能自如活动，而且脚趾分距比一般人的大，看着十分有趣，极其适合在雪地上留下脚印。

“为什么你的脚这么丑？”王奎开始批判坐在身边的高敏的脚。虽然二人同居了两三年，他还从来没有注意过对方的脚。

“你脚漂亮就够了。”高敏不卑不亢地表示。

李芫突然叫了起来：“张亮，你的小脚趾为什么没有脚指甲？”

大家齐刷刷看去，果然如李芫所言。张亮略带羞愧地将一只脚从水中提起，放在大家的目光下辩解道：“谁说没有，这不是？”众人将脑袋凑近细看，确实有脚指甲，不过面积之小，小到不把脑袋凑近就什么也看不到。直到此时，大家才突然意识到一点：论足这件事情是不对的，评头也应如此。是足以让人害羞的。脚虽非性器官，但它仍然是不太示人的器官。这么观察彼此的某个器官，并还指三道四，是不是太荒唐了？所以看完张亮的脚，大家纷纷在自己的裤子上蹭了蹭，穿上鞋袜走了。

这次换张亮开车。可能是因为脚的缘故，上车后，大家都没有什么谈兴。张亮翻了翻车上的CD，看样子想找一张他喜欢的放一放，但最后是随手一扔的扫兴样子。坐在副驾驶上的罗婷燕对表哥的举动十分不满，她赌气似的重新拾起自己的那叠CD，翻检了两遍，最后抽出一张，举着向后面三个人摇晃了一下：

“邓丽君怎么样？”

“好啊。”高敏说。王奎和李芫当然也不会反对。

从《小城故事多》开始，然后整个车厢里回荡起了邓丽君甜美的歌声。罗婷燕把音量放得还不小。这样一来，大家就免掉无话可说的尴尬局面了。他们打开车空调，关闭着窗户玻璃。对于路人而言，只是一辆呼啸而过的小轿车；而对于五个人来说，则是在邓丽君的歌声中或沉或浮，加之山道偶尔的颠簸，就像漂浮在大海上一样。至于能漂往何处，似乎并不重要。

“如果她不死，现在多大岁数？”趁着一首歌唱完下一首还没开始的空当，王奎发问。

罗婷燕将音量调小，说：“你说邓丽君吗？五十有了吧。”

“过六十了。”李芫说。

“天哪，”高敏也惊叹起来，“有这么大了啊。”

王奎继续问道：“我的意思是说，她如果活着，还会不会唱，还唱不唱这些，能不能仍然受欢迎。”

“会吧，李谷一不仍然在《难忘今宵》吗？”张亮头也没回地说。

“但李谷一显然没有七八十年代那么火了。”李芫说。

“也就是说，邓丽君没死的话，也可能会成为一个过气明星对不对？”王奎说。

罗婷燕说：“我觉得不会，她都死这么多年了，大家不是还在听她吗？”

王奎像蓄谋已久地那样继续提问：“那么，是不是死亡使她不朽起来了呢？”

没发表意见的高敏反问王奎：“你到底想说什么呢？”

“我当然不是想说什么。”王奎说他就是好奇，比如，过早的死是否会强化活的品质？一个人过早地死掉，是否有的时候是正确的？或者说，一个人是否就不应该活得太长？……

没等王奎说完，车突然停了。

张亮不记得怎么走了。他问李芫，后者也不知道。

“我的车上有导航，你的没有。”张亮抱怨道。

“那你为什么不开自己的车！”罗婷燕很不高兴他这么说，她表示在他们的小县城里犯得着用导航吗？

张亮把车靠在路边，然后下车问人。大家也就势一起下了车，抽根烟。他们现在置身一个峡谷之中，两侧都是山，在公路的下方是一条颇为宽阔的河流。河水潺潺，碧绿而幽暗。在河的对岸，也就是山脚下确实有个村庄，一个仅供两人并行的水泥桥可以通往。但他们要去村庄的话，必须将车丢在路边。所以他们情愿在路边等候经过的人。

大多数车辆不会停下来回答他们的问题。一个挑担子的山民告诉他们已经走过了，应该往回走。而另一个车斗里堆着成捆成捆竹子的拖拉机手告诉他们，往前左拐翻越这座山，会看到一个小镇，然后小镇上有一条进山的路，从那儿可以到他们的目的地。张亮觉得后者说的更吻合自己的记忆。五人再次上路。

下了山之后，他们确实到了一个镇上。不过问题是，这个镇已非张亮他们的县城，属于邻县江阳管辖，而那个寺庙就在张亮他们本县之内。这似乎又证明了挑担山民说得更为准确，他们现在不仅过了，而且已经过了很远。张亮不免在王奎和高敏面前露出了愧意，李芫的埋怨也紧随其后。只有罗婷燕很高兴，她说，江阳县虽然与他们县紧挨着，但她从来没有来过。此外，大学毕业至今，她还没有无任何实际目的地跑过这么远的地方。这对她来说无疑是一场旅游。于是她像很多在外旅游的母亲那样，情不自禁地想念起了自己远在另一个县的女儿。在镇上一个看上去颇为干净明亮的童装店前，她叫停车，然后奔进店铺要给女儿买一件衣服做礼物。

其他四人也下了车。张亮要继续问路，李芫邀请高敏也一同进店，帮助罗婷燕参谋一下买什么，王奎只好在路边找了一个高处蹲下来抽烟。这个小镇虽然身处深山，但看上去没有任何隔绝落后的感觉。车水马龙，店铺林立，远处，高楼正在崛起。人，除了那种一眼即明的山民，也有不少时尚鲜亮的少女。如果不是道路差点，车辆过去卷起漫天灰尘，这里与上海一个街巷又有何区别？

然后张亮走了过来。他很遗憾地告诉王奎，自己确实走过了。如果要去那个寺的话，必须掉头原路返回，在那条走过的路上，确实有一条小路拐向那个寺庙。问题在于，张亮自己完全吃不准那条小路在哪儿。

“那就不去那个庙了吧。”王奎心想张亮应该是这么个意思，所以他主动说了出来。

“也行，”张亮说，“不过白跑了一趟，妈的。”

“有什么呀，就这么逛逛不也挺好？”

“是吧，不过那个庙真的不错……”

就像蓄意打断张亮那样，王奎突然说：“张亮，我想和高敏分手。”

“啊，为什么？”张亮的惊讶在王奎意料之中。

“也没什么，时间够长了。”王奎想了想，不是很确定地说，“都烦了吧，你看不出来？”

“拌嘴正常吧，我和李芫不也这样？老实说，我没看出你俩关系已经到了分手这一步。”

“很多事情你不知道，我也不想说。怎么说好呢，我和她不在一个频道上，你懂？”

“别来虚的，你不是都陪她回老家见了她父母吗？”

“是，”王奎懊悔地说，“我只想着借机玩一趟，完全没把这种事当回事。”

二人沉默了一会儿。

张亮问：“高敏什么态度？”

王奎说：“我觉得她也是这个意思。”

张亮说：“慢着，你的意思是不是说，因为你感觉到她想跟你分，你才这么跟我说的？”

“去你的。”

“难道不是？”

“绝对不是。到头了。”

三个女的这时候从童装店里走了出来。罗婷燕给女儿买了一顶帽子和一条连衣裙。戏剧在于，裙子是三个女的同时看上的。纯棉，米白色，放大几倍，大概三个女的都能穿。罗婷燕的女儿目前显然还穿不得，她的意思是，总有一天女儿会穿上它。

“像个仙女？”高敏非常诚恳地问。

罗婷燕愣了片刻，然后喜笑颜开：“没错，仙女。”

张亮告知了关于寺庙的事情。高敏和王奎的态度差不多，并不一定要去那儿，就这么逛逛，挺好。李芫也忘了路怎么走，当然也无话可说。只有罗婷燕听后腰身一硬，怔住了。

“那去哪儿?”

这确实是个问题。此时天光不早也不晚，这么早就原路返回，确实有点浪费汽油。而既然寺庙不可寻，他们就丧失了目标。

“好马不吃回头草呢还。”罗婷燕坚决反对原路返回。

李芫则提议先到江阳县城去。他们可以在江阳县城吃顿晚饭再由高速公路回去。该提议获得了一致认可。五人一行便向江阳县城而去。

路上，王奎说，自己很多年前还是个公司职员的时候，曾经到江阳出过一次差。他非常肯定地表示，从上海到江阳也仅两个半小时的车程。

“不如大家一起去上海，怎么样？一切我来安排。”

这一提议实在虚假，大家只是一笑。张亮李芫明天就要上班，而王奎和高敏定了三晚的房，行李还存留在前者县城的宾馆里。只有罗婷燕假装当真地喊道：“好啊好啊。”她当然也不会当真，她的婆婆和丈夫，还有襁褓中的女儿都在等着她回去。

她之所以这么说，是因为她感慨自己毕业离开上海之后就再也没有去过。

“是不是有点可笑？”罗婷燕自我挖苦道，“毕业这么多年了，我居然都没去过一次上海，亏我还在上海念了四年的大学呢。”

“嗯，”高敏在后座探过身去，问，“那你是不是老是有一种感觉，就是刚刚毕业？”

罗婷燕想了想，点头表示这个说法有道理。高敏告诉她，自己大学是在广州读的，跟罗婷燕情况相同，毕业后居然再也没有去过。刚开始那几年，她还经常打算去趟广州，和老同学老朋友们见一见。但总未成行。随着时间的流逝，她不再作此打算，而是近乎刻意地避免一切去广州的机会。她曾不止一次地对王奎说，这样好，这样一来广州在她脑子里永远都是毕业那年夏天的样子，热浪滚滚，下水道里的臭气，校园里巨大的榕树，骑自行车的男同学……

“对不起，你这就是矫情。”王奎每次都会不假思索地下此判断。高敏不否认它是矫情，但她觉得这并没有什么问题，问题恰恰出在王奎的不假思索上，这种武断难道不是一种轻贱？王奎的态度是，记忆都是假象，应该戳破它们。让它们呈现本来的面目，一切都是狗屎一堆。

所以，他也问罗婷燕：“你这么多年没去上海，是故意不去吗?”

“故意不去?”罗婷燕反问，“什么意思？你是说我有病?”

王奎哈哈大笑。高敏则脸色难看地扭过头去再不说话。没人知道她眼泪夺眶而出。

在江阳县城的饭桌上，刚开始，五个人因为奔波了一天，加之一路上交谈过频而陷入了冷场。大家只是谈论一下这个菜不错那个菜还行，酒几乎喝不动。后来张亮出去接了个电话，耗费将近一个小时。虽然饭桌上人数减少，但张亮这个漫长的电话本身给大家带来了话题，因为都知道是他老婆打来的无疑。

李芫还出去到走廊上看了两次，张亮都在走廊尽头的那扇窗前听电话。窗外就是马路，很吵。他宁愿如此。李芫也无法听到他说什么。李芫告诉在座，张亮从来没有和老婆在电话中说过这么长时间。有事说事，没事挂掉，这是张亮八年来对妻子一以贯之的态度。所以，在张亮返回饭桌之前，这个电话对大家有足够强大的吸引力。

罗婷燕作为表妹，她对兄嫂之间的事也有一定程度的了解。还在罗婷燕读高中的时候，张亮就结婚了。罗婷燕至今还记得表嫂那时候是多么年轻和腼腆。她甚至还记得自己和表嫂娘家的一个男孩在迎娶时发生了一个矛盾：无论从门缝里塞进多少红包，后者死活不开门放新娘走，罗婷燕则隔着门骂他。而当他最终打开门的时候，罗婷燕脸红了，因为她发现那个男孩和自己差不多大。

此外，这么些年亲戚之间的走动，虽然她并不觉得自己的表嫂有什么不好，但既然表哥想离婚，那她就支持。在她看来，离婚对表嫂也是有好处的。她告诉表嫂，离婚等同于辞职，重新嫁人，有了选择的自由，哪怕是不再嫁人，也可以谈恋爱，就算不谈恋爱，没有了性生活，也没什么大不了的。

“男人都不是什么好东西，女人也不是，没必要是。”罗婷燕的结论。

张亮终于回来了。

因为在黑暗中时间太长，进房间时他眉头一皱，脸色灰暗。他没有急着将电话情况告知在座，而是先喝了一杯啤酒。众人也相当配合，不急于问。过了好一会儿，他才对着李芫神色凝重地说：“她同意离婚了。”

“真的?”王奎问。

“真的。”

李芫说：“她到底怎么说的?”

张亮说：“就是聊了聊这些年她的苦，然后说同意离婚，并且还讲到了房子和存折的问题。”

李芫没好气地说：“一个小时电话就这两句?”

张亮也没好气地说：“那你还想叫我说什么?”

“先别吵，”王奎打断二人，问，“都闹离婚这么多年了，她怎么突然就同意了? 这太不可思议了。”

“照你说，怎么才可思议呢?”高敏在一旁冷笑道。

王奎知道如果接高敏的话，将又是一场唇舌之争，他对此厌烦并恐惧。他只能继续对张亮说：“张亮，我要是说恭喜你，可能也不对。总之，你的一个事情算是了了。”

“是。”张亮说，但接着往椅背上一靠，长叹了一口气。在那口长叹的尾处，张亮自嘲道，“盼星星盼月亮一样盼离婚，现在离成了，却并不是我想象的那个样子啊。”

李芫说：“少来了，你就装吧。难道你还舍不得了？”

“放屁，你在说什么？！”张亮从椅子上绷直身体几乎暴怒着喊道。

李芫一下子愣住了，但很快就站起身，拿上自己的包出了包间。王奎一看不好，作为二人的主客，也赶紧起身去追李芫。这是他的责任。

李芫走得很快。眼看着她消失在走廊楼梯口，王奎跑过去，她已经下了楼。追到楼下，李芫已经出了饭馆。大街上车来人往，并不见李芫的踪影。王奎正在想自己是否应该喊李芫的名字时，在一辆停靠在路边的面包车后，李芫出现了。

李芫说她暂且不想回到饭馆。当然，她也没法真走。在这么一个陌生的县城里，她甚至不知道怎么坐车回去。为此，她哭了。

“我确实有点不明白，”王奎说，“张亮离婚了，你俩怎么还闹起了矛盾？婚离成了，你们该高兴才对。”

“没什么可高兴的，”李芫说，“王奎，不是你想的那样。”

“那你不希望他们离婚？”

李芫破涕苦笑：“你也太不了解女人了吧，怎么会呢。我和罗婷燕一样，一直支持他离婚。”

“是不是你父母那边通不过，你俩也不可能结婚啊？”

“父母？呵呵。我没想过和他结婚。那么我问你，你会和高敏结婚吗？”

王奎没法避开这个问题了，他很认真地回答：“不会。”

“哈哈……”李芫像女鬼那样狂笑了起来，引得路人侧目而视。笑了好一会儿，她才说，“我知道你俩不会结婚，我全知道。我和张亮也是。”

“哦，我就不问你高敏私下里是怎么跟你说的了。”王奎说，“我想分手也没有什么其他的理由，我只是觉得我和她的关系已经到头了。”

“好吧，”李芫说，“那我告诉你实话吧，我和张亮的关系也到头了。”

“哈哈”，二人都笑了起来。他们就这么站着聊了好一会儿。在他们的印象里，二人还没有私下聊过什么。对李芫来说，王奎只是张亮的朋友，是高敏的男朋友；对王奎来说，李芫只是张亮的女朋友。现在，他们似乎刚刚意识到，对方是一个人，而非某个人的什么人。他们甚至一起回忆了一个月前，他们四个人在王奎家那次的一些细节。比如高敏起身上厕所，经过王奎，她将他往一边拨开时用力很猛，而这是因为之前谈到的一件事情所起的争执，这一切李芫是感觉到了的。由此上溯，他们又追忆了一番三年前王奎来县城李芫曾想撮合他和罗婷燕那次。而眼下，苦于婆媳关系和家庭暴力的罗婷燕也许正享受着这一次五人同行，但她似乎并不是真的那么欢乐。

“如果当初我和罗婷燕结婚了，现在会是什么样呢？”王奎问。

“那只有天知道了。”李芫答。

湖水倒映

两年以来，李唐都深陷一场痛苦的恋爱之中。其情况错综复杂，非一两语所能详尽。李唐甚至有个志向，要写一本厚书来叙述并谈论这场恋爱。不如此，无以具陈其内心的失意和困惑。但是，他又担心自己不能够通过文字这种东西把它表述出来。事实正是如此，我们虽然坚信写作可以描述、可以抒情、可以达意，然而我们更加相信，许多事实并非文字所能道其万一。故有“只可意会不可言传”这样玄而又玄的话。

另外一个较为重要的是，李唐没有十足的把握把自己那场恋爱写出来，这倒不是他缺乏自信，对自己的写作能力的欠缺有自知之明，而是他以为：因为刚刚过去的这段感情，尚且如鲠在喉，余温灼手，一旦想到就不能平静，情绪至今仍占主导地位，于此情形下付诸笔墨，有失冷静、客观自不待言，而且还可能会因情绪缘故使叙述混乱不堪，有违写作所需要的条分缕析和恰当分寸，从而南辕北辙，适得其反，永无达到叙述和谈论的目的。也就是说，至今，关于两年来这场痛苦的恋爱，把它写下来，还仅仅处于酝酿之中，或者也仅仅是李唐的一个潜意识——迟早会写下来的。至于到底什么时候写，会不会真的写出来，那是老天的问题了。

在恋爱的过程中，确实曾有某次，李唐对那个姑娘说，我终有一天会把我俩的事写出来的。当时他们的恋爱正在如火如荼地进行，痛苦已有（恋爱就是痛苦），但不至于像现在，现在是失恋，也就是那时候也痛苦，但没有现在痛苦。那姑娘其时也乐于跟他接触，听到他这么说，不禁饶有兴趣地问，那你怎么写呢？写好了要给我看看啊。李唐激动地说，当然，写好了第一个就给你看。那姑娘听罢，表现出了荣幸之至的神情，大呼，好啊好啊。现在李唐想，即便我写了，写出来了，又怎么可能给她看呢。她已将我恨之入骨，说“不想和你再有任何瓜葛”“极其讨厌你”……即便写出，难道他应该再次把她约出来，然后当面交给她吗？如果那样，她是否应约而出是个问题，就算出来了，二人相对而坐，李唐有如构思的那样递上所写的书——这，真的有必要吗？难道自己还不死心，想死灰复燃，想推倒重来，想重新开始？难道自己时至今日还在喜欢着她？还在潜意识里希望挽回一切？写出一本恋爱总结似的书，难道为的是继续和她恋爱？这是荒唐的。

在李唐写这本书的意识里，就是用它来给自己一个交代，来完结已经发生的这一切，使它有如墓碑那样固定下来，插于书架之上，仅供凭吊之用，而绝不是使用它换回什么，不是使用它构筑一道恋爱的门槛，继续前进。他已经够累了，两年了，他被她搞得魂不守舍、苦不堪言。她如果现在出现在自己面前，除了悲伤就是恐惧，唯恐避之不及。两年了，回忆所有的一切，每一个细节，李唐都认为自己是自取其辱。羞辱来自他人尚且是一个受害者的身份，可以对抗，可以争取他人的同情；而所谓“自取其辱”是自找的，是活该，是卑贱的体现，是贱人。

两年来的经验教训使李唐深刻意识到了自己那可怜可悲的身份，他已没有勇气再贱下去了。做一个贱人需要充足的理由，需要土壤、空气等客观条件。他敢于断言，人之一生遇见如此条件往往只能一次，再也不会出现这个条件，他再也不会贱了。也就是说，他确定自己再也不会像这两年来那样对一个女人用情。这是宿命使然，非个人努力所能改变。“让一切都过去吧”，这是她留给自己的最后一句话，何尝不也是李唐该说的呢？让一切都过去吧，无论是以书的形式还是以埋葬心底的形式，都应该让它过去，永不复返。

看来李唐暂且是没办法写出这本书了。当然，因为失恋之苦，他不仅暂且写不出那段恋爱的总结报告似的书，而且什么也写不了。每天上班下班，吃喝睡觉（包括失眠），过着我们喜欢说的那种行尸走肉的生活，也像所有失恋中的人一样看到阳光就要眯眼。

李唐在一个工作很轻松的单位上班，一般情况下只需要下午上班，去点个卯即可，如果不去的话，和办公室主任打个电话请个假也就行了。借口也不需要充分。李唐在电话里说，老张，我今天就不来了。老张说，哈，干吗啊，有新情况？李唐笑道，哪儿呀，多少天都没情况了，有点小事。老张说，你好像不在家？李唐说，是啊，在街上呢。老张就说，好吧，你忙去吧。

交代这一点，也就是说李唐是个闲人，很重要，因为只有这样才曾保证他有足够的时间去干点别的，才能使他干别的可以干得像那么回事。

和老张请了假，放下电话，李唐和别人一样抻长脖子朝火车站的出口张望，车还没到。他又把脖子缩回。但仍然有人一如既往地把脖子梗在左右。此时如果对这些梗着脖子进行一番盘问，车还没来你把脖子抻这么长干吗呢？他们会很不好意思地学着李唐的样子将脖子缩回。出口处除了几个保安和车站工作人员，只有几个塑料袋在地面旋转。但就让他们把脖子这么抻长吧，使他们的焦急等待得以生动体现，使他们与所等待的人之间的那种不比寻常的关系通过该动作表达得淋漓尽致。只是习惯而已，就像我们明明知道时间，不是还会抬起手腕看一下手表（或者掏出手机来看）吗？这就是习惯，它强大而无聊。

乘客终于滚滚拥出，此时抻长的脖子们倒纷纷缩了回去，不再张望，而只是偏过脑袋从人缝儿里寻找所要等待的人。李唐担心自己已不能从人群中一眼认出高丽。在她随着火车越来越近也便越来越频繁的短信中，李唐还想问问后者的穿着打扮，以便可以目标明确、准确无误地在人群中找到她。但他怕高丽生气，所以没问，这使他陡增了某种紧张。万一自己把高丽忘了，没有在她出检票口朝自己走来的时候迎上去，她大概会更生气。

在李唐的电脑里，曾一直保留着高丽的照片，后来电脑遭到病毒攻击，硬盘格式化，照片没了。李唐在来之前为此感到羞愧，为什么当初不把高丽的照片保留下来呢？使用电脑要不懈备份，就像对于某个人一样，要经常回忆、问候和看望，这样才能有效地记着对方的相貌、知晓对方的变化。当然，照片也没什么用，照片给人所熟悉的往往仅是一张脸；如果镜头较远，脸模糊，那么给人印象的将是他的姿态和衣服；有时照片中人的背景，那些湖光山色、假山倒影倒更加清晰。静态的照片对于我们在人群中找一个人来说几乎是毫无帮助的。问题主要在于，高丽已有两年多音信全无。两年这个时间长度对李唐来说就是那场恋爱，此前已有交代。那么，两年对高丽来说意味着什么呢？她是否已发胖？是否剪掉了长发？是否染了头发？是否穿着不再休闲而很职业女性？……至于细微的诸如眼神、嘴角的笑容那就更是捉摸不定了。

总之，李唐看着朝他拥来的那么一大群人，感到惶恐不安。他使劲在人群中找高丽（仅是模糊记忆和想象拼接而成的某个女人形象，准确的是像高丽的人），而这种寻找只能是毫无根据、毫无目标地乱看。所以，看起来李唐根本不是在找人接人，而是在数人头。数一数一辆车下了多少乘客，其中男人和女人的比例是多少。人群逐一被迎接的人带走，更多的是自己把自己带走。至此李唐仍旧没有发现高丽（或像高丽的人）。他拿起手机想发个短信问问高丽，才输入几个字，又删了，觉得在这么紧迫的时刻还使用短信显得自己不够真诚，所以他拨了高丽的手机号码。他一面将手机贴在耳朵上，一面继续数越来越少的人头。这时候他终于看到高丽从里面走了出来，居然一眼就认出了她。他看见她停了下来，从挎包里取手机。来不及了，李唐喊了起来，在这儿呢。但他所呼喊的声音在喧闹的候车大厅也仅仅通过手机传送到了高丽的耳朵里。高丽放下手机，与他四目相对。

两年多以前，也就是在李唐那场痛苦的恋爱开始之前，他和高丽这个杭州女人有过一段男女关系。前面我已说过，李唐是个文学青年，早在两年前即已是。那时候他比现在积极，看起来也比现在张扬，每天下班回家因为确实没什么事干就使劲写小说。往往三四个小时即可完成一个短篇作品。于是，自己被自己的速度和写完后的某种浅薄的成就感所打动，每每激动不已，迫切地贴到所熟悉的网络论坛上与人共享。然后就等待别人阅读后的跟帖。接受赞美，反击批评，这都是应有之意。也正因此，赞美普遍多于批评。

高丽是杭州一家报纸的记者，大概也是一个文学青年（只是自己不写，按她当初的话说，李唐写的就像她写的），经常看到李唐的小说，然后像许多人那样对作者产生了交流的欲望。二人于是通过网络聊天增进了彼此了解。当然，准确的应该说是高丽对李唐有了更多的了解，因为她不仅可以看后者的小说，还对他的经历和生活有了了解，并且将二者（经历和作品）之间某种必然的联系做了一番考究。这相当于什么呢？相当于一个读者对一个作家的作品产生好感之后去阅读他的传记、日记、书信和照片。

激动不已是李唐当时的整体状态，那是一个亢奋期。对于高丽的关切和发问，前者知无不言言无不尽，而所言因为网络交流又都是以文字的方式展开，而这恰恰又是其所擅长的，所以他的生活和经历在喋喋不休中不免延续了高丽所欣赏的小说作品中的气质和魅力。李唐因此做到了所谓的文如其人或人如其文。起码在高丽看来，李唐这么个可爱的青年男人写出那些小说是天经地义的。那些作品和他这个人完全一致。所以，他的作品在她看来更好了，周体散发着诚实、自然的品质。

于是，高丽不仅被李唐这个文学青年的小说所吸引，也被他这个人所吸引。他们几乎每天都会同时出现在网上，然后彻夜长谈（当然是以李唐的宣泄，高丽的倾听和赞叹为主）。为了延续交谈，他们还互留了手机号码，即便彼此上了班，还能通过短信继续谈。当然，此时他们的交谈内容已不局限于所谓文学和人生及其他，而是很自然地牵涉到他们本身的问题，就是男女问题，而男女问题往往又很集中地体现在了性问题上。他们开始使用言辞激励对方的身体，似乎以此来考察对方的性功能。当得到准确无误的回应后，见个面，真刀实枪地来那么一家伙紧急如水火。

李唐对高丽的了解。前者虽然并不很关心后者怎样怎样，但还是多少了解一点，而且这一点具体到他们的性关系上十分重要，并有所掣肘。那就是，高丽其时业已结婚。当然，这对处于亢奋阶段的文学青年李唐看来，简直算不了任何问题。你结不结婚关我屁事，我又不可能和你结婚。当得知高丽夫妇的关系相当融洽之后，李唐更是放心了。高丽不可能离婚，这是肯定的，她自己也一直这么说。也就是说，他，李唐本人不必要付结婚的代价与之交往。

李唐只是个孩子，虽然年纪已过，但仍然是个孩子，他亢奋得有如刚刚进入青春期。把高丽劝到南京，然后与之床上刀枪相见，是他需要解决的一个迫切问题，至于由此衍生的其他问题并不在考虑之列。不仅如此，李唐还对高丽的再三犹豫表达了自己的失望和不解。他不理解既然高丽如此爱着自己，为什么不到南京来和他相见呢。那只能有一种解释，高丽并不像她在网上、手机短信以及长途电话里所反复呻吟的那样：她是爱他的。屁，狗屁！这能叫爱吗？李唐对此不能不嗤之以鼻、大加嘲讽，以至于不再理睬高丽。这看起来是高丽严重伤了他的心，而事实上高丽更是苦不堪言。她处于已婚女人另有用情之后所普遍表现出的道德自谴和矛盾情绪之中。然而，又岂能让自己所喜爱的李唐伤心失望呢？于是，她在电话里哭了起来，然后于哽咽中应承下来。于是，她终于借机来到了南京。

此番高丽来到南京已时过境迁。两年虽在彼此相貌上并未造成什么变化（之前李唐过于担心了），但时间的长度足以颠覆两年前一切已有的存在。在两年这个时间长度里，二人的关系一片空白。他们像一对初次见面的远方朋友那样谦虚客套。李唐帮她提行李箱，很重，为什么这么重？高丽这才声明，她要在南京待两天。在来南京之前，高丽没有告诉李唐什么，她只是通过七绕八绕的途径联系到李唐，告诉后者自己要来南京，日期和班次，并且希望他能来车站接她，仅此而已。李唐自然想问她来干什么，为什么需要李唐本人来接。他相信，在这两年里，高丽作为杭州某报记者，不可能一次南京也没来过。而李唐之所以不知道她在这两年里来南京的次数和具体情况，都是高丽没有通知的原因，而并不是没来，这是肯定的。如果她来了就通知李唐，李唐想，他仍然会像今天这样来接她，尽所谓地主之谊做些简单的招待，起码彼此见面问候一下也可。而这一回，也就是两年后，也就是李唐苦于失恋的这当口，她突然通知他来南京，这是为什么？基于高丽在这两年里每次来南京都没有通知他（他认为），所以他不知道高丽这时候突然跑来找他干什么（即便她此番确实有个采访任务在身，但只需半天）。总而言之，李唐对于高丽的此次到来，心里一点底也没有。

他将高丽接到大学里的宾馆。两年前高丽来找李唐时，去的是他家，现在自然已不可能。

因为置身校园，宾馆房间显得安静而明亮。站在窗前，可以直视楼下的花草树木，一棵巨大的老松树甚至多情地把一根树枝斜到窗前，李唐站在那里，也就是横在了他的胸前。等高丽在卫生间梳洗一番后，二人就出了宾馆，穿过校园，找地方吃饭。

在大学门外的那条街上，摆满着各种各样的摊点。书摊、小吃摊和女孩子喜欢的小饰品摊……一应俱全，热闹非凡。两年来，李唐曾陪着那个小姑娘常在此逗留，除了这些摊点，街道左右还有许多讨女孩子喜欢的精品小店。他对这一带相当熟悉，这也是他直接把高丽从火车站接到这里的原因。

高丽是个已婚女人，但她仍然对那些摊点表现出了极大的兴趣，李唐不得不陪伴左右，像两年来陪伴那个小姑娘一样。这使他感慨万千。那些烤羊肉串、铁板鱿鱼、油炸豆腐干和韩国紫菜饭团之类，高丽都显露出食欲，但她出于减肥的考虑，只吃了串豆腐干。

在那个卖小首饰的地摊上，高丽挑中了一根所谓藏银做的手链，在那几块确实雪白的金属片上镌刻着古老而陌生的图案，它或许真的来自西藏。可能是这种手链确实较受欢迎吧，只剩了这么一串。高丽挑中的同时也为另外一个女孩看中。那女孩应该是大学生，她年轻好胜，执意认为是自己先看中的，要求摊主卖给她而不是高丽。这个蛮不讲理的女生使李唐想起两年来那个使他痛苦不堪的姑娘，就像她现在正和高丽争抢这条手链，那么，因为这两个女人与自己各有关系，他只好站在一边无能为力。高丽的性格和岁数决定了她主动放弃这串手链。李唐只能安慰她，自己可以在以后某个时候替她买一串。

你送给我啊？高丽问。

那当然，李唐有点害羞地说。他想起来了，两年前和高丽的交往，自己从来没有送过一件礼物给她，连这样两元一件的小手链也没有。而这两年来，他送过无数大大小小的礼物给那个姑娘。

高丽并不可能露出那种小女孩听到送礼物的许诺后的惊喜神情，她只是说了“好”。然后二人进了一家小饭馆相对坐下。高丽并不热心点菜和吃菜，也并不热心像两年多以前那样和李唐推心置腹。她挺直了腰坐在他的对面，没有什么特别表情地微笑着看着李唐。相比之下，李唐的目光不断外移，好像面前这个人不能引起他足够的兴趣，好像他的兴趣集中在别处，只是可惜他的兴趣忘了时间，迟迟不来。环顾整个饭馆一圈，他不得不失望地把目光转回来。高丽还在看着他。这是否是一个好好谈一谈的架势？李唐吃不准。事实不是，她就这么望着他。为了免于尴尬，李唐只好像个好奇的人那样不断向高丽提一些问题，然后由后者尽量简洁和满不在乎地回答。

看来高丽的情况并没有什么变化，她依旧在那家报纸当记者，依旧和丈夫相敬如宾。而两年前和李唐的事，她的丈夫被幸运地蒙蔽至今。至于这番来南京，他当然不知道自己的妻子正与那个早在两年前就已偷偷让他戴上绿帽子的人坐在一起吃饭。即便他现在也来了南京，也路过这条街，透过玻璃看到了妻子正和一个男人坐在一起吃饭、交谈，他也不会起任何疑心。也许李唐正是高丽的采访对象呢。他顶多走进来，微笑地和李唐打一个招呼，然后坐在妻子的旁边搂住后者的肩膀与她一道听取李唐的高谈阔论或废话连篇。只是事实是，反过来了，是李唐正作为一个记者在采访高丽两年来的生活情况。高丽的回答客观准确，而且可以看出她对自己的回答毫无感觉，像一个新闻发言人那样训练有素，既不热心，也不反感，完全是公事公办。

吃完饭，二人又在大学校园里走了走，继续了饭桌上那些话题。只是食物的原因使李唐的问题显得懒散而高丽的回答更加节省。另外因为不必面对面和不断走动，夜晚校园中的景物使得李唐不再过于紧张，他的问题变得即兴而生动了起来。比如：他们经过一棵桂花树的时候，李唐问道，真香啊，你们那儿桂花开了吗？得到后者肯定的回答后，李唐说，我挺喜欢桂花的，你呢？高丽就说，很少有人不喜欢。李唐于是像得到启发那样虚构了个不喜欢桂花的人，他说我们单位老张，他就不喜欢，他闻到桂花香就喷嚏不止……

他们也在校园的露天长椅上坐了会儿。但仍然是李唐开个话头，然后由高丽接住，然后再由李唐将高丽所接住的话展开并延续下去。虽然主动发问的李唐其实并没有那么多问题，而且他也不想得到这些问题的答案，他甚至对自己一个又一个问题感到厌烦，但有什么办法呢？他只能这么问下去，不是在明亮的灯下面对面地说话就已是万幸了。

他们所落座的长椅是在一块忽明忽暗的小树林里。

渐渐地他们就适应了其中的光线。这才发现，在他们的四周，还有许多这样的长椅，那些长椅也像这张一样被一对对男女所占据。所不同的是，那些个男女都默默地拥抱在一起。他们不说话，也许说话，只是外人听不见，是所谓喁喁情话；他们也不动，偶尔动一下，比如靠李唐最近的那张椅子上那个背对着他的人，李唐盯着他很久才看到他动了那么一下，而且也只是弯过一只胳膊去够自己的脊背，挠个痒而已，然后回归手臂，继续抱住怀中的姑娘。这当然不影响李唐和高丽的交谈。不过到了后来，那些静止不动的人大概觉得安全了，长时间的静止完成了酝酿过程，开始激烈了起来，接吻的声音和剧烈的喘息此起彼伏，这就不得不让李唐提议离开了。

李唐将高丽送回宾馆，然后就起身告辞。高丽似乎早已料到，依旧坐在另一张床上微笑着说，算了，别回了，就睡你屁股下那张床吧。

这话让李唐一下子紧张起来，他的紧张也在高丽的意料之中，后者故意伸了个懒腰，去卫生间洗漱了。李唐坐在床上拿不准今晚会怎么样。两年多以前，在他的鼓动下，高丽终于从杭州请假（向单位及丈夫）跑到了他南京的家。二人见面后，发现对方的真人和自己想象的基本一致，甚至更好（在高丽看来是），很快就跨过了初次见面的陌生感而爬到了李唐那张床上。天亮李唐给两人弄了点吃的之后才睡。睡醒已是下午，他们又做爱。而高丽当天晚上的车票要赶回杭州。最后一次做爱他们甚至没有力气做完，并约定下次见面完成。就这样，李唐拖着虚脱的身体把同样虚脱的高丽送上了火车。其后几次情形大致相仿。

如果今晚高丽要求和李唐做爱怎么办呢？不是怎么办的问题，做爱李唐是不怕的，他已有很久没有过性生活，正求之不得。所谓怎么办是指高丽在李唐看来不可能事隔两年跑来找他做爱，问题还是在于他吃不准高丽想干什么。她为什么时隔两年又突然联系他？为什么今晚要挽留他？做爱是不现实的，现实的是怎么面对她，这么漫长的夜晚。他觉得还是走比较好。

这时候高丽洗完出来了，换了一身睡衣。李唐不太敢看，就势申请回家。高丽又笑了，说，得了吧，该你洗了。这一声笑让李唐羞愧不已。他也不明白自己为什么要这样。想当初，自己一而再再而三地喊她到南京来，主要目的就是做爱。现在突然搞得这么扭扭捏捏，即便不可能像当初那样做爱，共处一室又有何惧？反复做出要走的动作，其虚伪和可笑程度是惊人的。他突然有个幻觉：高丽就像自己的前妻，多年音信全无，她不远千里特意来看他，还有什么好躲避的呢？难道仅仅因为自己跟别的女人已经结婚了就对前妻不予理睬？就拂其一片情意？应该成全她，让她的看望落实到户、落实到人。

洗澡的时候，李唐还是把卫生间的门关上了，这和之前高丽的做法完全一样。不过，看着卫生间镜子中的自己，李唐还是认识到不一样。高丽关门很正常，两年前她在他家时也关门，她毕竟是个女人，在身体方面总比男人害羞。而李唐分明记得，自己当年毫无廉耻地就那么光着屁股在家里走来走去，以至器官就在高丽的面前晃荡。关门的动作使李唐意识到自己当年的恶心，此时更加恶心。他不得不提醒自己：千万要保持冷静，这已不是两年前。

当晚他们确实没有做爱，这是因为遭到了高丽的顽固抵抗。他们彼此使劲，僵持了很长时间李唐也没得手。李唐有点委屈地说，那你为什么要睡在我床上？他的意思是，标准间两张床，一人一张分配均匀，而且他本来确实没有爬到对方床上的打算，是高丽主动爬过来睡在自己怀里的。一个滚烫的年轻女人的身体在一个多日未有性生活的同样年轻的男人怀里，其生理作用不言而喻。高丽不回答他，只是央求李唐不要那样好不好？以至于到后来有了哭腔。李唐只好放弃，任凭高丽继续把脑袋拱进自己的腋下。然后他睁大眼睛看着房间的天花板。其实什么也看不到，窗帘严实，灯光已灭，整个房间虽然一男一女清醒地躺在一起，但悄无声息，就像一个棺材。后来，困意居然如期而至。李唐正准备并已开始进入睡眠，高丽突然开口说话了。

跟你那姑娘做过吗，现在怎么样了？这一问题在双方沉默已久、李唐即将入睡时刻突然在黑暗中响起，委实令人惊愕不已。睡意荡然无存，他甚至看到它像个人那样从床上爬起，穿上衣服、袜子和鞋子，然后摔门而去。

李唐如实相告，没有，现在分了。高丽没有吃惊，问，什么时候？李唐说，上个月。高丽问，为什么？李唐说，不合适吧。高丽问，哪些方面不合适？李唐说，什么方面都不合适。高丽问，是她说的？李唐说，不是，我觉得不合适，当然，她也这么觉得。高丽问，合不合适其实一点不重要，不是吗？李唐没说话，她继续说，谁跟谁合适呢，没有，都不合适，你觉得我俩合适吗？李唐苦笑道，不合适。就是！高丽说。

那到底是什么原因呢？过了会儿，高丽又问。能不能不说这个？李唐痛苦地说，他甚至感觉到自己是撇着嘴皱着眉露出了一副苦相，虽然高丽看不见，但他自己看得见。高丽并不介意，问，是她不喜欢你吗？李唐承认，应该是。那她为什么不喜欢你呢？她把头仰了起来，睫毛在瞬间触到了他的下巴，并且在眨眼的时候，又碰了一下。李唐将脸扭向一边，对着墙壁说，我不知道。那么，你呢？高丽说，你还喜欢她吗？李唐把胳膊从她颈窝下抽出来，虚弱地说道，不了。高丽突然浑身颤抖起来，她在笑，床铺就像车床那样颤动不已，看来很难停下。至于这么笑吗？李唐感到烦躁，他甚至翻了个身，侧了过去，把背留给了高丽。

在背后，高丽大概通过一番努力终于停了笑，不过声音还带着刚才那阵狂笑所带来的肌肉抽搐，她说，你还喜欢她，我知道哈。他没说话。过了会儿，她说，我到现在还记得你以前跟我说起她的口吻……

李唐当然也记得，两年前，他遇到了那个姑娘，喜欢上了她，不由得和高丽联系日少，表现出消极应付的态度。高丽出于女人的敏感自然感觉到了事情起了变化，早在与李唐交往之初她即已意识到迟早会有此变化。她不可能与李唐永远这样下去，她还是得在杭州和丈夫过日子，而李唐也迟早会和别的姑娘恋爱，以至于终有结婚的那么一天。她其实从来没有指望过跟李唐怎么样，但当听到李唐在电话里向她描述一个她所看不到的姑娘时，还是没能抑制住自己哭了，她决定再也不和李唐联系，而迫在眉睫的就是互相删除一切可以联系的方式。

除了电话，李唐对那小姑娘的描述，也遍布网络和手机短信。后者因为需要使用文字，是所谓书面语言，所以说得相当文学，符合他文学青年的身份。他说：我每天都能碰到她，下班的时候，我们一辆车上下来，她就走在我前面。她走的样子真是有趣，两只胳膊紧贴在腰处，这使她的两个手左右叉开，就像小鸡刚长出的翅膀。然后她就进了她所在的小区，我就继续走，往我家那边走。可往家里走的那段路一点意思也没有，甚至走不动，我怀疑我喜欢上了那个姑娘。

第二天，李唐醒过来的时候，已近中午，高丽也已采访结束回到了宾馆。而她的假期还有两天一夜（毛算）。这个时间将由李唐陪伴是毋庸置疑的，高丽也这么要求了。她甚至夸张地露出轻松的神色，一屁股坐在李唐正躺着的床上，因为弹性，她的两条腿弹离地面，借着这个力，她用后背隔着被子压在李唐身上。

李唐被她压得精神焕发，一把将她抱上了床。他们使劲接吻，吻得二人差点窒息。但当李唐想进一步动作的时候，高丽一下子从床上弹了起来，然后坐在另一张床上冲着他大笑。

也许是睡眠充分的原因，当然，也和高丽这天轻松愉快的神情有关，李唐也感到神清气爽。中秋阳光下的街道，行人匆忙，自行车带着铃声悠扬而去，那些步行的人，他们将外套搭在肩上或系在腰里，年轻的姑娘则依旧穿着裙子，朵朵鲜艳。和老张继续请了假并得到应允之后，李唐就带着高丽去吃了午饭。到了饭馆，他也没意识到自己与高丽什么时候手拉起了手，分别坐下需要分开两手，手的分开才提醒他注意到它们曾经相握在一起。吃过饭，他埋完单跑到等待在饭馆门口的高丽面前，蓄意去拉她的手，高丽笑盈盈地把手伸了过来。他们十指交叉，甚至达成默契分别使力向前向后甩动相靠在一起的手臂。就这样他们在大街上向车站走去。其幸福感在某个瞬间差点让李唐崩溃。

他们决定去南京城郊，李唐在那儿有一所空房子，现已无人居住。两年多前，李唐和高丽在网上结识的时候，前者对后者的喋喋不休（生活和经历）之中很大一部分都是围绕着那座破房子。李唐童年和少年时代的乡村生活在当时的高丽看来美不胜收、神乎其神。当然，高丽初次来南京找李唐的时候也曾提过要求去他的乡下看一看，但因为上述原因，即做爱时间过多，而耽误了这一议程。不仅如此，在两年前，高丽前后来过南京三次，而且每次来之前或来了之后都会提到那破房子，在她那里，似乎那座破房子具有巨大的吸引力。

李唐当然每次也都是一口应承下来。结果一次也没去成。第二次的原因固然不再是做爱过多耽误了事先的议程，而是做爱过多，使二人没有力气走远，尤其是当李唐说到去乡下所需花费的周折之后，不仅使在床上跃跃欲试的高丽感到路途遥远而主动放弃，就是李唐也被自己描述的千难万险所吓阻。确实太远了，又是坐车，又是坐船，到了乡下，还得坐那种惊险万状的小三轮，然后还得步行四五里泥路，而天这么不好，风风雨雨的。我们想回一趟家乡是多么困难啊，因此我们只能在城里搞点所谓的乡愁。至于第三次为什么也没去成，完全是对前两次未能成行的因袭，既然前两次去不成，第三次也去不成当然是很正常很自然的结果了。这也没什么，最重要的是李唐不想带高丽去那儿，那儿不可能比他对其描述的精彩，这是肯定的；另外，去了免不了遇到所谓家乡老人，牵涉众多，问题复杂，不去也罢。

在高丽那边，她自然不知道其中有这么多原因，更不知道李唐所谓带她去老家看一看的说法从某种意义上来说只是个引她来南京的小小计谋，她三次也没去成而不太怨恨是李唐一直在骗她的原因还在于，她以为自己还会来第四次第五次……没想到第三次与第四次相隔竟有两年之久。李唐想到此处，不禁深深愧疚。他在人群中暗暗使劲，牢牢捉住高丽的手，好像唯恐后者突然消失那样，并由此而心生悲伤。

李唐所言不虚，路途确实可谓惊险万状，车船劳顿。

在码头，他们等船的时候，李唐指着候船室对面的一个楼房说，当年这房子没有，是一堵矮墙，可以爬过墙，趸进里面一条巷子，再由巷子爬上山坡，上了山，从山丘的另一面下去，就到了江边，到了江边就可以爬上趸船，在那里直接上船。这样一来，既可以躲过一张船票，又可以免去众人拥挤，更重要的当然是可以在山顶上领略一下大江东去浪淘尽什么什么的。高丽对此自然饶有兴趣，不时发出笑声。仿佛她正由李唐牵着经过这一路线，果然因为一个小小的违法活动（逃票）而获得了巨大的刺激。而眼下既然楼房堵住了这条英雄小道，那么她也只好凑合着享受一下李唐的当年之勇了。

作为李唐，他也已有多年没有回乡。那里当然有些叔伯堂亲，但因为乡村常见的缘故，并没有什么来往。也正是因为多年未归，趁此机会回一次也没什么不好。他也不担心遇到熟人，乡亲同学什么的应该在船上就能碰到。碰到他们了，怎么介绍你呢？这个问题早在两年多以前他就讨教过高丽，高丽的回答说，嘿嘿，就说我是你女朋友呀，你不是说你的乡亲对你没老婆意见大吗？他就故意说，可是，你已经结婚了啊。高丽就说，你不说我已经结婚谁知道呢。那你岂不是重婚罪吗？……这些当年的调笑犹在耳畔，李唐想到不免感到亲切得令人鼻子发酸。而这两年来，和那个姑娘之间的这场恋爱，倒仿佛一张低廉的卡通画片，显得轻薄而极不真实。此时江风徐徐，汽笛从江面上悠悠传来，人影忙乱，回身看去，候船室里乌烟瘴气。这一切都情不自禁地感染到李唐的心境，他的心境相当沧桑。

他们在船上果然遇到了李唐的一位熟人，而且是他的中学老师。李唐确实是按两年前的约定向老师介绍了高丽。老师一个劲夸高丽漂亮，并盘问了诸如年龄、工作之类的问题。李唐担心高丽回答这些问题时会露出马脚，想代答，但被后者一个眼神制止了。李唐也便立即醒悟，他料想高丽早有准备（两年前就做好啦），回答诸如此类的问题简直是小菜一碟。事实正是如此。高丽自称杭州人氏，但毕业于南京某大学（就是此番下榻所在），现在南京某家广告公司当文案人员，不仅如此，她的父亲也幸运地和老师是同行，是杭州郊区某个小学的教师，只是现已退休……李唐的中学老师不禁大喜，左看右看高丽，神情一片赞赏和尊敬，然后不断转身对自己的学生李唐表达祝贺，祝贺后者能找上这么聪明懂礼的姑娘做女朋友，最后在快下船时不忘叫嚷着李唐和高丽结婚了一定要喊他去吃喜酒。

看着自己的老师在下船的人群中逐渐走远、消失，李唐感慨万千。他不由得转身想对高丽说，假如你所说的一切都是真的该多好啊！意思当然是他希望高丽真的是他的女朋友，然后顺理成章地成为他的妻子。可是当他扭过脑袋的时候，高丽居然不在身边。人群熙熙攘攘，一个也不是高丽。明明下船的时候是攥着她的手的，只怪在出口门小人挤才松掉。万一高丽跟他走散，该如何是好。人生地不熟，她一外地女人（不是女孩或姑娘）陷在南京城北这么个混乱破旧的乡村，天现在还亮，天一黑，她该怎么办呢？当然，这只是李唐作为一个文学青年一贯的想象和联想，即便高丽和他真的走散了，她也不会跑远，同样也会在码头附近寻找李唐，实在找不到，她也会按原路返回，回到宾馆，然后也能顺利回到杭州。但现在问题是，毕竟她不在他的视线内，她跑哪儿去了呢。李唐正急得汗流浃背，这时候身后一只小手拍了一下他的肩膀，回头一看，果然是高丽，正得意地看着他笑呢。如果不是人多，李唐相信自己会一把将后者抱进怀里，防止她在越来越少的人群里永远消失。

坐在小三轮里，他们路过了政府、医院、供销社、商店和粮站（现已关闭）。李唐告诉她，直到如今，人们在称呼这些机构时仍然习惯于在前面加一个修饰语：公社。这到底是一种习惯还是一种怀旧或者二者并有，很难说得清。然后他们就经过了那些村庄和桥梁，也经过零碎或大片的坟地。李唐都会一一向高丽介绍它们的名字。在颠簸的小三轮上，发动机巨大的轰鸣声不得不使李唐把这些名字喊出来，大声疾呼之后往往是热泪盈眶，虽不至此，但看起来他是那么激动。而她，高丽，始终一言不发，静静地听他的介绍，只是将脑袋依靠在他的肩头。

因为道路已修，他们其实无须像李唐以前所说的那样要走四五里路。但高丽提议，还是走一段吧，她说，不是从鱼塘的坝上可以走到你家吗？

确实如此，多年以前，李唐上学放学就是从鱼塘的坝上来来去去的。这并不远，于是他们提前下了小三轮，走上了那条坝。

你还记得什么？李唐在坝上问高丽。高丽说，你说你小时候在这些塘里偷过鱼，对不对？李唐说，是啊，鱼塘是人家承包的嘛，只好偷。高丽并没有认真听他这些业已陈旧的解释，突然站在那里不走了，问，怎么没有你说的老柳树啊？李唐也把视线从她略有点疲劳而显得苍白的脸上移开，放眼望去，果不其然，自己记忆中的那几棵老柳树真的没有了。鱼塘两岸光秃秃的，除了一块块菜地，别无他物。这是李唐没想到的，他脸腾地红了，有如谎言被揭穿的人那样红。为了证明自己当初的描述是正确的，他只好带着她往曾经有树的地方走。还好，树虽已亡，桩还在。看，不骗你吧，他得意地说，只是被他们砍了而已。高丽果然露出了满意的微笑。

村里的乡亲果然格外热情，李唐把高丽在船上对老师说的话向他们重复了一遍，热情于是加倍而至。连进村时追着他们咬的那条黄狗都改变了态度，站在院门外歪着脑袋打量着这两个人。由于前述的原因，李唐没有把高丽带到自己的叔伯家，而是到周大伯家。与周大伯家虽无任何血缘关系，但前者对待李唐他们一家素来友好，尤其是周大妈，李唐小时候有一半时间都是在她身边度过的。她与自己现已故去的妈妈亲如姐妹。她的热情周到不禁令李唐羞愧不已，自己这么多年来居然忘掉了周大妈，居然从来没有想到过应该回来看望一下她老人家；而自己此番携高丽回来，居然是两手空空、恬不知耻地坐在周大妈家，喝他们的茶，嗑他们自家种的葵花子。他恨不得以流泪来表达自己的悔恨和感动。在老家居然还真有他的亲人！不过，他也只眨了眨眼，并没流泪。转身对高丽说了自己这点意思，后者表示同情，并帮他出了主意，说，你们这儿就没有小店吗？有的话，现在去买几样东西还来得及。李唐幡然醒悟，然后托词带高丽先去看一下自己那房子（也是此行目的）再过来。

家破人亡，用来修饰李唐的家正可谓准确无误。他的父母中年而逝，房子因为不值什么钱，李唐也一直没卖。三间砖瓦房已为杂草所包围，伸脚进去令人胆战心惊，唯恐一脚踩到条蛇或只老鼠什么的。这具体表现在高丽的惊叫上面。他们鼓足勇气，跌跌撞撞地还是来到了房前。门锁锈死，李唐带没带钥匙根本不是问题。不进去只站在窗外朝里面看几眼，高丽对此也表示赞同。李唐就给她分别指认了当年父母和自己的房间，里面还有一些老式的家具，因为长期不被使用而落满灰尘，看上去令人毛骨悚然。另外，李唐也给高丽指认了堂屋和灶间。堂屋的正墙上还有一张山河破碎的中堂画，而灶上的锅盖也安静地掩蔽了铁锅里无人猜得到的内容。即便现在进去，像母亲当年一样站在灶前，李唐也不能保证自己敢动手揭开那个锅盖。正所谓，家里已经揭不开锅啦。

高丽也与李唐一样心情沉重。好在前往小店的路上，所有遇见的乡亲父老都朝他们打招呼，可谓应接不暇，因为家中破败而产生的伤感情绪得到了修补。

在村头的小店里，又是对高丽的一番介绍。之后，他们才拎着买来的礼品返回周大妈家。礼品不在多：一条烟，两瓶酒，一大袋奶粉和一盒桂圆。所谓“小四样”。李唐问高丽他们杭州民间是否也如此送礼。因为该问题无关宏旨、无聊透顶，高丽只好笑而不答。

他们是计划好把这小四样送了周大妈，最多再喝完那杯喝了一半的茶就走的。不过，当他们返回周大妈家，发现，鸡正在拔毛，一捆新鲜的木柴被周大伯抱进了灶间。他们申明来意并坚持要走的时候，周大妈拉下脸来：如果李唐这个从小看大的侄子连在大妈家吃个晚饭都不愿意的话，那好，请你把这个什么小四样也带走吧。李唐求助于高丽，后者只是笑，并不发表意见。大妈见状，一把拉住高丽，然后又加上了一个李唐走的条件，那就是，你走可以，但得把这姑娘留下来。那还说什么呢，李唐不禁像个被勉强的丈夫那样瞟了妻子（高丽）一眼，留了下来。

晚饭吃得很早，这是考虑到李唐和高丽得回城。而最后一班船是晚上七点。

也喝了酒，正是李唐刚刚在小店买来的。高丽因为不可能喝，撂下饭碗就被同时撂下饭碗的周大妈拉到一边去谈家常了。这边李唐一面和周大伯交杯碰盏，一面朝坐在门槛附近小板凳上的一老一少两个女人那边看。

正是因此，那只闻香而至的大黄狗和若干只丢失同伴的鸡被她们挡在门外。他看到周大妈时而欢笑，时而流泪，高丽也很知趣地陪着同时进行，十分地道地做到了悲喜一致、休戚与共。这样一来，李唐就不再担心自己因没能一直陪伴在高丽身边而忐忑了，尽量和周大伯把酒喝好。他真是感慨万千，虽然算不上演戏——他并不想演戏，和高丽这种临时关系仅是因地制宜、随机应变——但演得也太真了。尤其是高丽，她居然能陪着周大妈哭笑，好像他们本来就一家人，好像她新嫁到了这个村子，好像她和李唐不仅这会儿而且上辈子就是一对夫妻……而高丽又有哪一点不好呢？她温顺、善良、年轻、漂亮（反正不丑），正是一位合格的妻子。从某种意义上来说，李唐错过了这样一位姑娘是多么可惜。错过了与她早点相识，娶之为妻，而且轻薄了两年前她的一片真情，伤了她的心。而眼下，她又不计前嫌地冒充自己的女朋友或妻子，替他迁就农村大妈那朴实而零乱的情感。有如梦境，真真假假，虚虚实实，连李唐这样的演员都怀疑这出戏和真实生活是不是被倒置了。难道他和高丽真的就不是一对从一而终、白头偕老的夫妻吗？加之酒精的作用，李唐激动得两手发抖。他希望这一切就这么进行下去，直到天彻底黑透，直到天又亮了起来，直到死，直到来生来世。

他们离开的时候并没有再从鱼塘坝上返回，而是由周大妈踮着脚去邻村找来了一辆小三轮。这对年老的农民夫妇站在他们的小院门前朝李唐和高丽挥手，直到他们在村口一个拐弯什么也看不见了。寒露已过将有霜，天已经彻底黑了。乡村的夜晚更加的黑，但也显得清澈。秋夜风凉，寒冷的光线在他们来时的鱼塘之上荡漾，头顶的星空亲切而遥远。

李唐发现高丽哭了，他很懂地没有问她为什么哭，只是轻轻摇晃着她。后来，高丽的一句话让他李唐也忍不住地流泪了。她说：我大概一辈子也不会来这里啦！此情此景是多么忧伤，正是生离死别。确实，假以时日，李唐再次回乡时，当别人问起高丽，他可以托词二人也已分手，这至多令周大妈们表示一下程度有别的惋惜。而高丽，她没有义务再次充当李唐的女朋友来到这里，那是多余而危险的。是的，那些一面之缘的人，那些自此永诀的人，那些善良的人，光是这些修饰语就已足够叫人伤感，多年以后他们往往还会在我们记忆中美好而忧伤地部分美好和忧伤下去。

他们就这么互相拥抱和抚摸着路过了来路所经过的一切。晚班船上也不再像下午来时那样拥挤和热闹，寥寥几个乘客有规律地将自己分布在距离相等的位置。李唐和高丽在船头。这里离发动机巨大的轰鸣远点。轰鸣和眼前黑暗的江水以及对岸（城市）的灯火共同构成了他们交谈的背景。

李唐问，你明天就走了啊？注意，他是问，而不是说，虽然他知道她包里的火车票确实是这么写的。

嗯，高丽点头，然后笑了一笑。船舱里光线昏暗，灯在远处，投射到他们这边来的光微弱而稀薄，这使高丽的笑阴影浓重。

李唐不知道说什么，难过地握住她的手说，那就走吧。

高丽又“嗯”了一下。

其实——李唐偏过脑袋将脸彻底藏在光线的背面说。

什么？

不知道为什么，我今天非常高兴，但也非常难过，真是奇怪，好像我能有多高兴就应该要有多难过似的。

嗯，我知道，高丽把手插到他的腰际靠着他，说，我也是。

她的这一动作让李唐感到一阵幸福与悲伤互相撞击产生的晕眩。因为靠在船头，他就感觉自己像要掉下去那样，向黑暗的江底沉去。于是，他的眼泪再次落了下来，轻呼，高丽——

高丽抬起头看着她，等待他说下去。但是，李唐没有勇气说下去。他想说的是，我喜欢你，这一次是千真万确，不仅喜欢，我甚至想跟你结婚。

高丽似乎看出了他欲言又止的内心活动，在他怀里拱了拱，过了会儿，突然仰脸一笑，问，你那小姑娘呢？

经这一问，李唐苦笑了起来。真是荒谬，自己居然这整整一天连想也没想到她。而在之前，包括昨天，在过去的两年里，她几乎无时无刻不在想念着她。他无数次地告诫自己，我是多么爱她啊，从来没有过的爱，我甚至没有爱过一个女人，当然，也没爱过一个男人。高丽对我那么好，我又何尝有过如此强烈的爱？当然，我也不能、不敢爱高丽。她有了丈夫，我可不愿意破坏他人的家庭，我也不愿意娶一个有夫之妇（即便她离了婚）为妻。然而多么奇妙，就是今天，和两年多以前的高丽回了趟家乡，见到了亲人……如此，李唐居然把那个小姑娘给忘了，而且对高丽产生了无与伦比的依恋和爱意。这究竟是怎么一回事？高丽这一问真的及时而尖锐。李唐僵在了那里。然后是高丽告诉了他真实情况：

哈，你已经不喜欢她啦。

这一晚，李唐不仅没有坚持要回家，而且是主动留在宾馆。他们像昨夜一样各自关上卫生间的门洗漱一番，然后躺在了一起。他们不再有什么需要交谈，此时无声胜有声，过多的交谈只起到破坏作用。他们突然想到还没有使用过宾馆的电视机，于是打开了电视机。电视机上正在播放的是一集韩国的爱情电视剧，李唐一直对此不屑一顾。不过，现在他居然看了进去：一个教师跟他的女学生，他排除一切阻力要娶那个女学生，即将身败名裂，而此时，那个不幸的女学生的妈妈突然死了。李唐情不自禁地跟着那个女学生哭了起来。如果再过一年，可能李唐会为今天哭了又哭表现出羞愧。但现在他确实跟着电视中的人物哭了起来，他甚至也意识到了自己今天哭得太多，以至于认识到今天的经历跟韩剧情节有某种相似，但他还是没忍住。他抱紧高丽的脑袋（散发着沐浴露的清香），用她的头发擦拭眼泪。然后就感觉到自己擦到了她的额头和眼睛，然后就是自己因为痛哭而咧开的大嘴碰到了对方的嘴唇。

很奇怪，几乎是高丽主动，他甚至都不知道她什么时候脱光的。她帮着他进入其身体。这和昨夜太不一样了。他想不了许多，由爱而生的情欲使他忘掉了一切——而在以前许多性经历中，他几乎每次都会走神——他被她身体内部的温暖和柔软搞得浑身颤抖。他简直太激动了，像个初涉情爱的少男很快就完成了这一成人仪式。高丽一点不介意，她甚至没有去卫生间洗一洗，也没取床头柜上的纸巾擦一擦，就这么保持着做爱的完整姿态和他抱在一起。可能今天跑得太远了，加上刚才力量的积蓄和瞬间的消解，李唐很快就睡着了。

这是一夜质量优秀的睡眠，李唐认为自己起码有十年没有这么睡过了。也正因此，他醒得很早。他甚至敢于肯定自己一定是被所谓的鸟鸣吵醒的。窗户已被打开，传来楼下学生前往课堂的脚步声。他甚至还听到篮球规律性击打地面的声音，越来越远。看来是某个热爱篮球运动的男生在早练中打完了球，天气虽然已是秋天，但如果像他那样打球，一定还是大汗淋漓，在一片秋装之中只穿着一件松松垮垮的背心。

窗户是由高丽打开的无疑。她正衣装整齐地坐在另一张床上面无表情地看着李唐。这可以理解为她面对一个沉浸于睡眠中的人所应有的失神表情。不过，当李唐对她粲然一笑也未能使这一表情发生变化。她只是僵硬在另一张铺盖整齐得不近情理的床上（因为没人动），坐在从窗口涌进来的新鲜空气和凉意中。一副没有任何征兆的表情到底说明什么呢？李唐嗨了几嗨，未得到答复，然后他从被子里伸出胳膊，去握她摆放在膝盖上的手。她的手冰凉。

你怎么了？李唐有点担心地问。

没什么，高丽勉强一笑，像一个梦游的人在半路被清醒的人截住那样惊慌失措而又强装镇定地掩饰自己，说，你醒了，快起来，赶紧去洗脸刷牙。

为什么要赶紧，急什么？李唐不解地问，然后他才想起昨夜因睡得好，忘了问她今天去哪儿，于是他补充了这个被昨夜遗漏的问题。

去玄武湖，她说。

玄武湖你不是去过吗？早在两年前，也就是高丽第二次从杭州来找李唐时，他们就去了玄武湖。在湖上，李唐甚至想在那个租来的鸭形船上和高丽做一次，遭到了誓死抵抗。这与她此番来南京第一晚的抵抗情形略有不同：那一次是惊惧和羞窘，而这一回，第一晚，没必要考虑被人看到，第一晚的抵抗来源于为李唐所陌生和无知的区域，至于是什么，他不得而知，居然也忘了问。现在他才突然把前夜、昨天和今早的高丽分别对比了一下，发现真是各有千秋、面目大异。比如，玄武湖去过一次了，还去干吗呢？这就是个奇怪的迹象。不过，李唐转而又想，高丽来南京不是游山玩水，不是出于对所谓六朝古都的名胜古迹抱有游览的欲望。从昨天所发生的一切来看，她来采访是次，找自己是真，否则她昨天上午采访完就可以回杭州了。那么，再到玄武湖去一趟又有什么奇怪的呢？到哪儿去还不一样。旧地重游往往也不失为一个恰到好处的选择。

所以洗漱完毕，二人就出了房间。不过此次他们已将高丽所有的行李都带上了，在宾馆前台退了房间。火车是中午一点的，游玩过玄武湖，二人在车站附近吃个饭，高丽就可以上返回杭州的火车了。别离在即。

沉默寡言，有问才答，这果然是高丽今天的面孔。

因为不在节假日，又在上午，玄武湖内游客稀少。一些穿着灯笼裤、身背利剑的老人晨练结束纷纷与他们迎面而来。和这些老人相遇，李唐总是感到某种愤慨。首先，他担心自己活不到这么大，这缘于自己的父母从来没有享受到这个年纪，也就是没有享受到湖上的清晨。李唐是一个黑白颠倒（作息时间）的人，他怀疑自己的身体尚且不如这些老家伙，由此而来的阴暗心理是他排斥这些老家伙。他还担心他们总有一天会放下拳脚，手持利剑截住这个未老先衰的年轻人进行一番义正词严的说教，而李唐不可能听他们的，那么结果只能有一条，那就是这些老头出于革命道义一剑将他砍死。

这些想法由来已久，并且在李唐的一篇小说中有过表述。李唐因地制宜地问高丽有没有看过自己那篇小说。高丽说，没有。他不禁有点失望。不过他突然又似乎明白了什么，问，是不是这两年来你不再去那个论坛，甚至不再上网？高丽说，对。

李唐一时没意识到这个回答的重要性。可他走着走着，突然想到，身边这个昨晚还和他柔情蜜意现在却冷若冰霜的女人一定还有什么话没有讲。而她此次来南京，很可能就是要对他说什么话。一天两夜以来，再过若干小时她就离开，这句话已势如破竹，即将爆发。是的，她怎么可能没有话说呢？迄今为止她还没说什么，不是吗？现在不可能是两年前的自然延续，这世上怎么可能有时隔两年的幽会或偷情？它只能是一个蓄意竖立的界碑。而前夜和昨天的一切都只不过是一个铺垫，是高丽的安排。看来一切都按照她的计划在进行。

意识到这一点，李唐感到强烈的不安和害怕。他也不知道自己怕什么，但就是害怕。他甚至不再愿意陪着她朝那片幽暗的竹林里走，而是提议沿着湖堤的石板路继续前行。这里光线要足一点，虽然游客稀少，但毕竟还不时可以三三两两地遇到一些人，他们欢笑、轻松，这些真实的神情和气息或许可以使李唐积蓄力量，扛住她最终要说的话。也就是说，现在这些陌生人或许可以帮助他从身边这个熟悉的女人所给予他的规划和压制中摆脱出来。他们是他的大救星。

公园里在一些景点的交叉路口，总少不了一些摊点，出售五香蛋、年糕、蒸玉米棒和所谓的台湾烤肠。这些食物在只有草木气味的公园散发着奇异的香味，诱人垂涎。他们出宾馆后只在大学校园门前分别喝了碗稀饭，此时那几粒米早已在体内化为乌有。李唐提议补充点能量。你看，你的手太冷了，像死人手一样。但这遭到了高丽的婉言谢绝，她说，我一点也不饿，如果你饿就买了吃吧。李唐不信，并像哀求对方那样说，吃点吧。高丽坚持己见。事出无奈，李唐只好自买自吃。一旁的高丽也并没闲着，她在买卖食物附近的那些卖纪念品的地方东张西望。李唐问她想买什么，她不回答。李唐说，你想买什么跟老板说一下就行了，不需要自己找的。高丽就说，不用问，能看到。李唐好奇地问，到底是什么啊？高丽就停下东张西望，认真地看着李唐说，纪念衫，那种夹克式的纪念衫。

两年前他们来的那次，他们也买了件纪念衫。那时候季节与今相仿佛，突然气温转低，湖上飘起了零星小雨，见她冷得不行，李唐就给她买了件那种夹克式的纪念衫。她很感动，把那件二十块钱的纪念衫视若珍贵的礼物（确实，如果算礼物，李唐也只送过她这么一件东西），并且表现出立即获得温暖的那种夸张的神气。另外，她还说，这件纪念衫也算个证据，她那次和丈夫的请假理由就是去南京玄武湖参加一个活动，顺便采访几位参加活动的人物。一举两得，很得她的欢心。

难道这一次，你还是跟他说了同样的原因？李唐问。

不是，这次我来确实是采访，不需要编造理由。高丽说着，然后走上前问那个小老板有没有她要找的那种夹克。小老板说，那种夹克过时了，你如果想买，这种不错。说着他从架上取了一种今年流行的样式。没有就算了，高丽向他摇摇手，然后对李唐说，我们去划船。

难道还是划鸭子船？

呵呵，高丽难得一笑，说，那不必了，随便什么船都可以。于是他们向湖边走去，租了条有篷顶的脚踏船。两年前的那种鸭形船有两只模样有如鸭蹼的桨，红色的，当初是由李唐一人使劲将船划到湖心。而这种脚踏船分别在并行的座位前方有踏轮，也就是说，两人都需要使劲，否则一边的人使劲踩而另一边不踩的话，船就会原地打转，永远也到不了湖心。

坐在那里踩踏轮没有他们想象得累，二人分别使劲，双方的速度保持一致，船很快就离岸向湖心而去。尚未到湖心的时候，李唐发现，宽广无边（夸张）的湖上，只有他们这一条船，因此，他不由得掉回脑袋看岸上，岸上树木葱郁，花团锦簇，人来人往，显得十分热闹，而他们的面前，徒有浩渺的湖面。李唐觉得自己严重失策，高丽此行就是给她自己创造说那句话的机会，自己怎么就这么毫无警惕地就范了呢？他恋恋不舍地把目光从岸上收回，看着依旧没什么表情的高丽，然后，他停下脚的动作，说道，好了，有什么话你说吧。高丽大概本来想把船踩到湖心再说，所以她对李唐的警觉没有准备，脚还在继续踩，于是船头旋了过来，这使二人面对着湖岸。这样一来，李唐觉得安全多了。

你怎么知道我有话要说？高丽问。

肯定有，李唐好像不耐烦地说，然后又补充道，直觉。

你的直觉挺灵的，确实有，不过，高丽说，我现在不想说，我们把船踩远点吧。

这话让李唐脊背发寒，然后冷汗直冒。他紧张地说，为什么要到湖心，哪儿说不一样？

怎么，你害怕？高丽笑了起来，说，放心吧，我不会把你推湖里的，我自己也不会跳湖，行了吧？

但是——李唐还想说什么，不过也识趣地没说了。他满腹狐疑地和高丽把船踩到了湖心。真是湖心，在目光的丈量下，他们的船与两岸的距离是相等的。不过，好像有点不等，是过了，李唐大嚷“过了过了”，于是倒着踩踏轮几圈，这才停下来。也正是因此（高丽没踩），船又旋过了头，他们再次面对着由那踩过来的湖岸。李唐一看不禁大失所望，太远了，再也看不到花团锦簇和游人如织了，两岸看起来景象一模一样。

李唐绝望地低下了头。他现在远离人间，只能在这么个无岸苦海中听凭身边这个两年后找上门的女人发落了。

把头抬起来！她说。果然不错，她连头都不给他低。

你知道吗？高丽直视他的眼睛说，前年，也就是你跟我说那个小姑娘之后不久，我堕了次胎。

我不知道，是我干的？

你当然不知道，我没告诉你你哪知道，当然你也别得意，那未必是你干的。

哦，那你说这个干吗。

哈，高丽冷笑了起来，说，看，这就怕了，推卸责任了，别怕，堕胎是因为我自己也没把握是你还是他的，这怪我，怪不了你，你尽可以长嘘一口气。

我没有，没必要，李唐说，我知道这还是有我一部分责任，可你叫我怎么样呢，我只能说声对不起。

嗯。我并没有怨恨你的意思，虽然说什么对不起没用，但你能说声什么对不起，我已经很满足了，事情都过去两年多了，但我还是很难过，你知道吗？

我不知道，我希望你忘掉一切。李唐说着这话，突然羞愧至极地低下了头，因为他突然想到昨天发生的一切：让她冒充女朋友去乡下骗吃骗喝赚眼泪，还再次和这个女人做了爱。这可都是刚刚发生过的事，老年痴呆症也未必现在就忘了。

高丽果然痛苦地笑了起来，说，忘掉？是啊，你可以随时忘掉，忘掉我，甚至也可以忘掉你搞了两年的什么爱情。我真的希望你不要说这种话，不要劝什么人忘掉，我甚至希望你说你喜欢说的那句话“我也没办法”或“我不知道”，但你叫我忘掉，是不是你现在已经忘掉昨天的那些了呢？

李唐把脑袋偏过去，看着水面，水面上不时划过一只水蚆，他的目光追随着那只早已不在的水蚆，说，没有，昨天都是真的，包括我对你所说的那一切，可能是个瞬间感触吧，谁他妈知道呢，但确实是真的，就在当时当地，无比真实。

对，这才像你，高丽突然声音落了下去，说，即便你这样，可能我喜欢你的也就是这个吧，你知道吗？

知道，李唐说，不，不知道，也不是，我搞不清楚，我也喜欢你，比如……

别说了，高丽打断他，说，两年了，你知道吗，我确实努力叫自己把你忘掉，把你的一切都删除，像删除QQ、电话号码一样，我甚至把电脑网线都拔了，抑制自己上网找你的欲望，哪怕看看你新写了什么东西也好啊，但我没有，我严格地按照自己对自己的命令那样做了，到后来，我也确实认为自己把你忘了，起码渐渐恢复，心情不再像两年前与你断掉时那么糟糕。

可是，她又提高了声音，去年，你知道吗，去年春天，我在单位上班，下雨了，气温降了，就像那年在这里一样，那一年你给我买了那么件夹克，红色的，大红的，上面印着玄武湖的图案和文字，你记得吗？

记得，但我不记得是红色的了，李唐如实相告。

没关系，不记得是红色有什么关系，我对你太了解了，真的没关系，你连我这人都忘了，要记得那破夹克是红色的干吗！说到这里，激动的高丽停了下来喘起了粗气。喘了很久。可以看得出来，她在努力地使自己平静下来。她本来希望自己一直能像李唐早晨起床时看到她时的那样，可惜她仍然没有做到。

也许她的努力起了效，过了好一会儿，高丽语调平缓地问，你怎么不说话？

你说，我听，李唐继续偏着脑袋看湖面，看起来倒也像侧耳倾听。

刚才说到那夹克了，说到去年春天下雨了是吧，你知道吗，他怕我冻着，跑到报社给我送衣服，你知道送的是哪件吗？

红夹克。李唐说的时候还是感到自己浑身被震了一下，就好像他们的船下此时正有一条大名鼎鼎的玄武湖水怪拱背而过。

高丽再也没忍住，哭了起来，但她是压抑地在哭，似乎她的哭声一大，就会被她的丈夫听见，从而被他知道了一切，从而残忍地伤害了那么一位关爱着她的好男人好丈夫。

李唐体会到了她的难过，但他不知道自己是否该搂住她，安慰一番。他将手臂悬在空中，许久，终于还是落了下去，将她向自己怀中抱了抱。她没有反对，看起来这时候她确实需要有个怀抱供她一吐心中的负疚和悔恨。而在这世上，除了他李唐，就没有任何一个怀抱可以容纳她的这一切了。

后来，高丽擦干眼泪继续说，此时她已不以质问的目光逼视李唐，而是和李唐的目光平行，向着前方的水面看去。她说，后来，那件事情不久后，单位组织向西北灾区捐款捐物，我把这件红夹克捐了，他还说好好的一件衣服捐了可惜，说是我穿着特别好看，叫我换一件捐，他越说我越难过，可我连在他面前哭的权利都没有了……

高丽更加悲伤地哭了起来。

李唐赶紧轻轻拍着她的脊背，说，也好也好，捐了好。

下船上岸后，二人就再也没有手拉手，他们回复到第一天在火车站时的那种谦虚客套。此时已是午饭时间，他们就在车站附近的一家饭馆简单地吃了点。然后向车站走去。李唐想起两年前，他曾经像现在这样三次携着她的手经过这条奔赴车站的路。而现在，他只能像个民工那样扛着行李箱跟在脚步匆匆的她身后。他准确地意识到，此一别即将是永别。虽然在这两年里，他从来没指望会和她再见，早已把两年前最后一次送走高丽算作永别，但此番别有新意，而且从湖心所谈来看，高丽的目的就是想通过此行彻底了结二人的关系。把未完成的完成（去乡下），把经历的重温一遍（做爱和划船），别无遗憾，死可瞑目。而且三天的发展也一如经典男女故事的全过程：第一天，相遇相识，有所感觉；第二天，热恋，做爱；第三天，争吵，分手。某种意义上来说，也是她对他一次完美的报复。这对李唐来说也未尝不是正确的，从此以后他或许可以不再对她怀有任何负疚感，不对她的丈夫继续抱有罪恶感。而这负疚感和罪恶感最终能像灰尘一样抖落在地，又取决于高丽，正是她此行的意义所衍生的。也就是说，唯有高丽彻底从两年前的事里走出来，轻松了，他，李唐才能相应地获得这一解脱。

在上一次的所谓“永别”中，高丽在大庭广众之下哭得不成样子，那倒不是她当时业已意识到了“永别”，而是她不愿意离开李唐。李唐当时受之感染，几天的吃喝一起、同床共枕，一个鲜活的女人就这么突然从他的身边消失，他的家将再次迎来冷寂和了无生趣，确实让人受不了，心也因此空落落的，之前两次他已领受其苦，所以他也大流其泪。二人那次正所谓挥泪而别，正所谓“儿女共沾巾”。

两年来，李唐每想到和高丽的那次在他看来的“永别”情景无不暗暗动容。虽然当时他们并不知道这是“最后一次”，不再有第四第五次，但他们在分别时的表现正暗合了只有生离死别才有的剧烈情绪。不如此，怎哭成那样呢？至于明明不知道是“永别”而流下了永别的泪水，其原因是什么？李唐百思不得其解之后只能感慨这正是老天的安排。

这么说，说李唐两年间连高丽这个人都忘了是完全不公的，起码他还想到个“永别”问题。当然，他之所以乐此不疲地把两年前最后一次分别，也就是第三次分别算作永别，其原因大致还是自我解脱，好轻装上阵，集中优势力量追求那个小姑娘。

大概也正缘于对上次分别的“永别”定论出于是对另一场恋爱的障碍清除工作，动机不纯，所以那个“永别”被两年后的此番别离击得粉碎，显露出了其低劣的质地和矫枉的本色。这一遭才是永别。李唐伤感地想着这些，发现自己真的想哭，但哭不出来，居然达到了欲哭无泪的境界。他进而想到，真正的悲伤大概就是欲哭无泪吧。他望着身边的高丽，突然发现，她在这两年里还是有变化的，比如她以前爱穿休闲装，现在真的是一副职业女性的打扮。她的眉毛以前也未经如此修饰，不仅眉笔描绘，且将宽阔、散乱的部分给拔了。候车大厅里灯火辉煌，离别的情绪有如烟雾在灯管之间萦回。李唐多么想拉一拉高丽的手，此外他已别无他求。正在他犹豫的时候，闸门大开，开始检票了。

李唐和高丽一起通过了检票口，他买了站台票，他要把她送上火车。在混乱之中，他如愿以偿地拉住了高丽的手。然后是十指交叉，紧紧相握。他们就这么一语不发地走向车厢，这段路途说它漫长和短暂均可成立。在车厢门口，高丽停了下来，他也随之停了下来。前者给了他一个浅笑，里面包含着多少内容，真是“罄竹难书”。李唐将那个旅行箱交给了她，并帮她向上提了提，好像这样就能防止它在车厢过道里在她到达座位之前就下滑到地面。高丽并没有急着上车，她打开旅行箱，取出一个包裹给了他。包裹很严实，看不出里面是什么。料是早已准备好的东西。虽然李唐很好奇，想看个究竟，但这点好奇心比之所谓永别又算得了什么呢。

他说，你上车吧。

她点了点头，一瞬间泪如雨下。

李唐抬手想用手掌替她擦一擦，这一动作也正好袒露了自己的怀抱，高丽扑了进来，将他死死抱住。李唐感觉到她的眼泪滴在自己颈窝里，刚开始是热的，转眼就冰冷地向胸口或后背方向滑去。他始终没哭。前面已说过，李唐认为，欲哭无泪才是大悲伤，才是真正的永别，所以他没想到哭，所以哭不出来，恰恰相反，他只感到眼睛又涩又疼，像快瞎了那样。

高丽终于上了火车，李唐跟随着车厢中的她在车下行走，车窗之间的板块和一些站着往行李架上塞行李的乘客不断切割二人胶结在一起的视线，但很快他们又互相找到了对方，续上了。挥手、微笑，李唐仅能如此表现。车内人也无非多一个流泪的。她大把大把地流泪，但因为不想错过最后一眼，所以又不断地想把眼泪擦干，越擦越多，以至于她焦躁不安起来。在李唐看来，到最后，她甚至想离开自己的座位按原路返回，跳下火车，再次扑进他的怀里。但此时车门已关，一声响笛，火车隆隆开动了。

李唐没有跟着火车奔跑，现在也没有人愿意跟着火车跑，跟着火车跑的是铁道游击队。他只是在火车刚刚开动的那几秒钟相应地随着它同行了几十步，然后就被火车无情地抛弃在空荡荡的站台。

因为失落，李唐走出车站时的神态显得憔悴而疲惫。像瘸子一样走路。不过也不像瘸子，如果是瘸子，只有一条腿可能在地上拖着，而李唐拖着的是两条腿。

两条腿都瘸的瘸子当然是坐轮椅了，即便是一条腿的瘸子也不会像李唐这样行走艰难，他们往往因为残疾而行动麻利，一颠一颠早就走出车站而消失掉了。李唐这样走，滑稽古怪，看起来简直就是个惯于搞恶作剧的家伙，似乎他是故意要在经过的身后留下一条轨迹似的，此外别无原因。

出了车站，他才打开高丽临行给他的那个包裹。当然，他没有急着撕扯，而是找了半天想找到高丽的封口，也就是他的开口。他此时觉得珍惜这些牛皮纸，使它保持完整形态是必要的。找到了，打开顺利。

不是别的，正是那件红色的夹克，上印玄武湖的图案文字。不是已经捐给了西部灾区了吗？包裹里的一张字条解答了李唐的疑问。

高丽说：李唐，你一定很奇怪，这件夹克不是已经捐了吗。是的，确实捐了，是我亲手捐的，我亲眼看到我们报社主任接过它把它塞进一个大纸箱子里。可是，上个月，天凉了，找秋天穿的衣服时，我居然在衣橱的底下又看到了它。你难以想象我看到它时的恐惧，太恐怖了。我想不出来这到底是怎么回事，我只能相信肯定有什么地方出了错，要不就是见了鬼……

高丽说：它为什么这么无耻，它为什么还赖在我家不走？它是不是想一直讽刺挖苦我啊，是不是还要等着我老公把它送到我单位啊……

高丽说：我确实以为自己做得很好，因为我很努力了，我真的以为自己把你忘了。可是这件破夹克突然又冒了出来，两年前的一切又冲出来了，我受不了了，我要来看你最后一眼，把这件夹克还给你，我想，还给了你大概它才会彻底消失。我真怕，害怕极了，它为什么被我捐了还在呢？……

高丽说：我想我们不会再见了，这应该是最后一面。我很难过，很难过，就像死了一样，说不定我已经死了，两年前就已经死了，或者刚死，现在死了，反正是死了，而你现在所看到的我是鬼。要么都是你，你是鬼。否则怎么捐出去的夹克又从我家里冒出来了呢？

李唐看到此处，浑身汗毛都竖了起来，他脸色煞白地四下张望，路上车辆行人络绎不绝。没错，午后的阳光，李唐又被它刺了一下。